董晓萍 李国英 主编
"教育援青"人文学科基础建设系列

俄罗斯十九世纪文学十讲

李正荣 著

商务印书馆
创于1897
The Commercial Press

图书在版编目(CIP)数据

俄罗斯十九世纪文学十讲/李正荣著. — 北京：商务印书馆，2022
ISBN 978-7-100-20973-1

Ⅰ.①俄… Ⅱ.①李… Ⅲ.①俄罗斯文学—文学研究—19世纪 Ⅳ.①I512.064

中国版本图书馆 CIP 数据核字（2022）第 052299 号

权利保留，侵权必究。

俄罗斯十九世纪文学十讲
李正荣 著

商 务 印 书 馆 出 版
（北京王府井大街36号 邮政编码100710）
商 务 印 书 馆 发 行
北京新华印刷有限公司印刷
ISBN 978-7-100-20973-1

2022年6月第1版	开本 880×1230 1/32
2022年6月北京第1次印刷	印张 6

定价：38.00元

教育部人文社会科学重点研究基地重大项目
"跨文化视野下的民俗文化研究"

青海省人民政府-北京师范大学高原科学与可持续发展研究院与
北京师范大学跨文化研究院"丝路跨文化研究"重大项目
（项目批准号：19JJD750003）
综合性研究成果

教育部人文社会科学重点研究基地
北京师范大学民俗典籍文字研究中心
青海省人民政府-北京师范大学高原科学与可持续发展研究院与
北京师范大学跨文化研究院"丝路跨文化研究"重大项目组
资助出版

"教育援青"人文学科基础建设系列

编辑委员会

乐黛云 〔法〕汪德迈（Léon Vandermeersch） 王　宁　程正民
〔法〕金丝燕　陈越光　董晓萍　王邦维　王一川　王　宾
李　强　周　宪　宋永伦　李国英　李正荣　汪　明

总序 "教育援青"国家战略与人文学科基础建设

  近年国家推进"教育援青"战略，加强中国特色社会主义高等教育体系建设，高度重视多民族共同发展的高等教育事业，这项举措意义重大。西部高等教育与国家发展战略的关系，从来没有像今天这样关系密切。跨文化学对外研究世界各国多元文化，对内研究本国多民族优秀文化，可以在"教育援青"中发挥特殊作用。北京师范大学是我国高等师范教育的最高学府，在这次"教育援青"中与青海师范大学携手，责无旁贷，编写人文学科基础建设用书是实际行动之一。近期建立的青海省人民政府-北京师范大学高原科学与可持续发展研究院与北京师范大学跨文化研究院合作从事"丝路跨文化研究"的重大项目，正是诸项落实措施中的一种。这项工作的目标，是要着眼高端、立足长远、繁荣西部文化生态，认真总结西部多民族跨文化协同发展的历史经验，重视从西部高校培养具备跨文化对话能力的新型人才，促进西部高校教育的内生型发展，具体有三：一是服务于党和国家的"十四五"规划大局，辅助青海高原可持续社会建设；二是开拓内地重点高校与西部高校对口支援学科建设的新基地，实现优势教育资源共享；三是纳入双赢机制，建设青海多民族凝聚力教育事业，满足西部高校师资队伍建设与人才培养的需求。

一、建立落实国家战略的"长效机制"

我国多民族千百年来和睦相处，建设中华文明，共同创造了极为宝贵的国家文化财富，这是我国的独特历史。在中国共产党的百年党史中，始终以人民利益为最高利益，促进各民族互相尊重与平等发展，这是中国共产党创造的先进经验。在高等教育方面，20世纪以来，自五四运动、战争年代，至和平建设时期，北京多所高校专家学者投入民族社会调查和全国各民族民间文学搜集运动中，与西部高校师生携手，为今天国家大力开展的非物质文化遗产保护工作打下了基础。新中国成立七十余年来，特别是改革开放后的四十余年中，我国经济社会迅速发展，多民族高等教育蒸蒸日上，取得了众所瞩目的成就。这引来西方霸权国家的恐慌，他们挑衅我国的主权，侵犯中华民族共同体的文化权利，引起我国和世界一切爱好和平的国家与人民的强烈不满。面对世界格局的变动，我们要头脑清醒，坚持中国的道路自信、理论自信、制度自信和文化自信，同时也要认识到"教育援青"国家战略不是短期行动，而是长期任务。

北京师范大学党委书记程建平教授在2021年3月发表《构建中西部教育"结伴成长"机制》一文，明确提出了"长效机制"

的理念。他总结高校党建工作的历史经验,从正在启动的高校"十四五"规划现实任务着手,指出"长效机制"应包括:第一,把西部高校建设当作国家重点高校自身建设的一部分,共建双赢;第二,选拔"学术水平要高、办学能力要强,而且还要肯干、投入"的优秀校长,派驻西部高校,带领当地领导班子携手创建共赢局面;第三,勤奋深耕,促进内外双循环发展,"深层次的帮扶,是要帮助西部高校实现由'外部输血'到'自我造血'的转变"。总体说,这项重要的国家任务要重视吸引社会公益力量,加强内地重点高校与西部高校联手建设的对内影响力和对外辐射力,"青海师范大学高原科学与可持续发展研究院与北京师范大学跨文化研究院正式签署战略协议,标志着双方的对口支援工作再结硕果"[①]。

"长效机制"理念的另一层深意,是建设中国特色社会主义高等教育体系中多民族凝聚力教育的长期稳定模式,高校学者对此也有长期的认同和社会实践的传承。20世纪一批留学归国的学术大师,包括清华大学的费孝通先生、北京大学的季羡林先生、北京师范大学的周廷儒先生和钟敬文先生等,都曾为西部留下宝贵的精神遗产。费孝通先生留英归来,是西部社会人类学调研和高校民族教育的早期开拓者。季羡林先生留德归来,曾发表专题文章《少数民族文学应纳入比较文学研究的轨道》,指出:"我们对国内

---

① 程建平:《构建中西部教育"结伴成长"机制》,《中国教育报》2021年3月15日第5版。另见毛学荣、史培军《西部高校如何走好高质量跨越发展路》,《中国教育报》2021年3月15日第5版。

少数民族文学，包括民间文学在内，虽然进行了一些研究，但是总起来看是非常不够的，而且也非常不平衡。"①周廷儒先生留美归来，是青海高原地理科学考察与研究的先驱，并培养了门下第一位博士，即现由北京师范大学派往青海师范大学的史培军校长。钟敬文先生留日归来，是我国民俗学高等教育的奠基人。他与费孝通、季羡林和周廷儒的看法相同，多年支持西部民间文学事业的发展，还曾亲自致力于西部高校民族民俗学人才的培养工作②。这些学术大师都是钟情于祖国西部的"海归"，是广大后学景仰的名师楷模。现在他们的大学问需要转型，这就要求今人能够继承和发展。我国比较文学学科的创建人乐黛云先生、法国汉学家汪德迈先生、法国跨文化学领军人物金丝燕教授、我国传统语言文字学家王宁先生和李国英教授、现代公益文化学开拓者陈越光先生、印度学和东方学学者王邦维教授、俄罗斯文艺学学者程正民先生和李正荣教授、文艺学和艺术学学者王一川教授、跨文化民俗学学者董晓萍教授等，都为此做出了贡献。他们也都高度重视西部高等教育③。

---

① 季羡林：《比较文学与民间文学》，北京大学出版社1991年版，第333页。
② 参见董晓萍《钟敬文先生对新时期民俗学科的重大建树——兼谈〈北京师范大学学报〉与民俗学科的发展》，《北京师范大学学报》2012年第5期，第30—39页。
③ 参见曹昱源《青海师范大学与北京师范大学合作启动"青海高原丝路跨文化研究"重大项目》，乐黛云、〔法〕李比雄主编《跨文化对话》第44辑，商务印书馆2021年版，第260—261页。

二、跨文化学在文化内部多民族相处与对外文化交流两端发挥作用

在我国,跨文化学不可替代的功能是,对外研究人类命运共同体文化,对内研究中华民族凝聚力文化,在高校培养具备跨文化能力的新型人才,这对于在世界百年未有之大变局中,在"教育援青"国家战略的背景下,加强西部高等教育,是一种必要的助力。

此时特别要提到语言学、民俗学、民族学、历史学、东方学和社会学的贡献。五四以后,在我国传统国学中,从文史哲三门,发展出上述现代人文社会科学。在新中国时期,在社会主义新文化建设中,建成了相应的高等教育人才培养机制。自20世纪60年代人文思潮革命后,国际上出现跨文化历史学的研究倾向。我国在扩大改革开放和深化对外交流后,转向文明互鉴视野下的人文社会科学研究,再转向跨文化中国学教育①,这是一个逐步发展的过程。

在这次实施"教育援青"的国家战略中,跨文化学的介入,可以对西部高等教育带来以下促进发展的新视点:

一是纳入多元文化交流机制,提升健康文化生态的建设水平,补充多民族凝聚力教育事业的新个案。在中华文明长期发展的过程中,中央与地方、上层与民间、汉族与兄弟民族、中国与外部世

---

① 参见董晓萍《文化主体性与跨文化》,《西北民族研究》2019年第2期,第66—69页。

界，彼此互动，形成了和而不同、和平共处的中国模式。这是一种中国模式，它在世界四大古老文明中独立呈现，并友好共享。今后还要在新的层面上建设，并将之综合运用到跨文化对话之中，以便更加有利于向世界提供中国经验。

二是纳入文化生态平衡机制，筑牢内地高校与西部高校对口支援的基础。文化生态资源的差异化，与国家教育事业多元统一的格局，在某种程度上说，这是一个矛盾统一体。但当今世界变局又说明，在捍卫国家文化主权的前提下，重新认识这个矛盾统一体，建立平等、尊重和优势共享的教育机制，是十分必要的。它有利于搞好世界治理、国家治理和社会治理。中国历经数千年而稳定发展的奥秘，就在于用心构筑和创新维护这个矛盾统一体。当然，世界发展到今天，我们还要补充建设跨文化知识体系，耐心观察和认真建设单一文化与多边文化的接触点与交流点，精准发力，营造新时代的优秀人文文化，用现代汉语说叫"对口"。具体到北京师范大学与青海师范大学的合力共建、扎实落地的一步，就要进行学科"对口"建设支援，这样才能掌握差异中的平衡点，打造共赢空间。

三是纳入未来价值机制，辅助青海可持续发展，提升服务于"十四五"规划的大局意识。内地高校与西部高校虽不乏差异，但双方也长期拥有共享价值，即中华民族共同体价值观。中国儒家文化最早揭示了人际关系中的价值文化，而这种古老的关系价值还要依靠充分吸收我国多民族跨文化相处的历史智慧和现代经验,并提炼新思想,才能构建未来价值观。

在高等教育方面,跨文化学教育的特点,就是强调跨文化中国学教育,高度重视我国多民族文化资源、教育经验及其社会功能。当代内地高校与西部高校的共建活动,已不再是少数精英的单边意愿和单向的教学输出活动,而是多边行动。跨文化中国学教育要通人脉、爱和平,教育各民族新一代大学生和研究生,在现代社会中掌握跨文化学的理论与方法,做到文化间的互相欣赏、忍耐差异、宽容彼此和尊重他者,成为新型国际化人才。今日求学,明天放飞。

三、西部高校"人文学科基础建设系列"著作的特征

自2018年起,随着"教育援青"工作的推进,在青海师范大学方面,已将青海地区的社会发展、多民族高等师范教育与"两弹一星"精神教育三位一体进行建设。2021年以来,青海师范大学高原科学与可持续发展研究院与北京师范大学跨文化研究院携手合作,共同从事"丝路跨文化研究"重大项目。在该项目的教学科研成果中,专门设立"人文学科基础建设系列",拟于2021年年内完成,交由商务印书馆出版,于2022年春季和秋季学期投入使用。

"人文学科基础建设系列"的定位是,促进建设中华民族共同体格局下的跨文化中国学教育事业。

这套"人文学科基础建设系列"的理念是,服务于"长效机制"

的基础学科建设，而不是编制短期支教的培训班方案。作者都是人文科学领域有代表性的学者、教授和博士生导师，具有几十年指导本科生和研究生的经验。他们以无私奉献的情怀投入这项工作，针对西部高校学科建设的实际需求，提供跨文化中国学的教育成果，同时输入国际前沿学术信息，做到高端教育与对口帮扶相结合，专业需求与交叉研究相结合，以及内地高校优势教育资源与青海多民族特色资源保护吸收相结合，人人争取在"教育援青"中多出一份力。

"人文学科基础建设系列"的适用学科，包括汉语言文字学、民俗学、民间文学、民族学、文艺理论、古代文学、现代文学、中印比较佛学、东方学、比较文学与世界文学，以及其他相邻学科和注意吸收人文学科研究成果的自然科学学科。

"人文学科基础建设系列"的使用范围，适合高校的基础课、专业课和选修课使用，也为西部高校利用这套教学用书再去培养下一代人才做好准备。

"人文学科基础建设系列"的撰写和出版，得到北京师范大学和青海师范大学领导的大力支持，商务印书馆学术编辑中心做了大量实际工作，北京师范大学-青海师范大学高原科学与可持续发展研究院、北京师范大学跨文化研究院给予充分重视，在此一并郑重致谢！

董晓萍　李国英
2021年6月25日

目　录

绪　论　俄罗斯十九世纪文学的文化前提 ················· 1
　　一、古罗斯文化的选择 ··························· 1
　　二、古代罗斯重大历史事件 ······················· 3
　　三、面向西方的彼得一世改革 ····················· 7
第一讲　俄罗斯十九世纪初文学概观 ··················· 9
　　一、"古今文体"之争 ··························· 9
　　二、1812年卫国战争与十二月党人起义 ············· 11
　　三、俄罗斯十九世纪初的文学之星：卡拉姆辛、茹科
　　　　夫斯基、拉季舍夫 ························· 12
　　四、"十二月党人"诗人 ························· 17
第二讲　俄罗斯文学语言奠基人——普希金 ············· 19
　　一、普希金与俄罗斯文学的"黄金时代" ··········· 19
　　二、普希金的创作历程 ··························· 21
　　三、普希金诗歌的主题 ··························· 30
　　四、诗体小说《叶甫盖尼·奥涅金》 ··············· 34
第三讲　孤独诗人莱蒙托夫 ··························· 40
　　一、普希金之死召唤出的诗人 ····················· 40
　　二、从"勇敢的商人"到出走的"童僧"，再到恋爱的

　　　　"恶魔"……………………………………………………42
　　三、天才之作《当代英雄》……………………………46

第四讲　俄罗斯十九世纪中后期的社会思潮……………51
　　一、激荡的19世纪40年代………………………………51
　　二、水火不容：保守派、自由派、民主派以及自由派
　　　　中的斯拉夫派和西欧派………………………………52
　　三、活跃的杂志时代……………………………………54

第五讲　俄罗斯十九世纪文学的果戈理时代……………56
　　一、果戈理与"自然派"…………………………………56
　　二、风靡彼得堡的乌克兰的夜话………………………57
　　三、含泪的讽刺…………………………………………59
　　四、神圣的《死魂灵》…………………………………60

第六讲　俄罗斯十九世纪文学的灿烂群星………………66
　　一、别林斯基……………………………………………66
　　二、赫尔岑………………………………………………69
　　三、冈察洛夫……………………………………………71
　　四、丘特切夫……………………………………………74
　　五、涅克拉索夫…………………………………………76
　　六、奥斯特洛夫斯基……………………………………81
　　七、车尔尼雪夫斯基……………………………………82

第七讲　让俄罗斯文学走向欧洲的屠格涅夫……………85
　　一、通晓欧洲古今文学的文化人………………………85
　　二、"猎人"的成功………………………………………88
　　三、六部长篇小说，六座历史里程碑…………………89
　　四、一位阅世老者的散文诗……………………………96

第八讲　让俄罗斯文学走向世界文学巅峰的陀思妥耶夫斯基…… 99
一、现实主义文学的巅峰和现代主义的鼻祖 …………… 99
二、《穷人》：陀思妥耶夫斯基小说的范式 …………… 101
三、死刑犯、苦役犯以及流放犯 ………………………… 102
四、被视为世界文学巅峰的《罪与罚》 ………………… 105
五、《白痴》的非理性与文学的自由 …………………… 112
六、没有完结的卡拉马佐夫兄弟 ………………………… 116

第九讲　文学巨人托尔斯泰 ……………………………… 119
一、世界文化巨人列夫·托尔斯泰 ……………………… 119
二、托尔斯泰创作的三个时期 …………………………… 130

第十讲　俄罗斯文学黄金时代的最后一位作家契诃夫 ………… 144
一、契诃夫的时代空间 …………………………………… 144
二、契诃夫文学创作的三个阶段 ………………………… 152
三、契诃夫小说的创作特色 ……………………………… 156
四、契诃夫戏剧创作成就 ………………………………… 159
五、契诃夫小说的三个时间空间综合体 ………………… 162

后　记 ………………………………………………………… 174

绪　论　俄罗斯十九世纪文学的文化前提

19世纪前,俄国的文学在世界文学所占比重相当微弱,但是在19世纪这一百年的时间里,俄罗斯文学取得了辉煌的成就,走到了世界文学的前列。

高尔基在谈到19世纪俄国文学时说:"在欧洲文学的发展史上,年轻的俄国文学是一个惊人的现象……没有一种西方文学象俄国文学这样有力而迅速的诞生,放出这样强烈而耀眼的光辉。"[①]

19世纪俄罗斯文学的崛起是和整个俄国民族文化发展、社会的变革紧密联系在一起的,也是古代罗斯文化长期发展积累的结果。

一、古罗斯文化的选择

今日俄罗斯,横跨欧亚大陆,而在古代,伏尔加河和第聂伯河是其发祥地。公元九世纪中期,形成以基辅为中心的古罗斯国家,史称基辅罗斯时期,此时的俄罗斯之于当时的欧洲,还是遥远的东方。但是,多瑙河东部的大片土地上的罗斯人,开始在文化上向地

---

① 高尔基:《个性的毁灭》,见《俄国文学史》,缪灵珠译,上海译文出版社1979年版,第554页。

中海文化中心靠拢。俄罗斯文化在草创时代发生了三大文化运动，对后世的影响极为深远，至今仍然是俄罗斯文化发展的基因。三大文化运动中的第一个文化运动是俄语字母的诞生。公元九世纪中期，俄罗斯大地出现两套字母，一个被称为"格拉果里字母"，音译是"格拉果里查"（Глаголица），另一个被称为"基里尔字母"，或写作"西里尔字母"，音译是"基里尔里查"（Кириллица），英语写作"Cyrillic"（西里尔字母，Cyrillic alphabet）①，到公元十世纪，基里尔字母被古代斯拉夫语言区域大多数民众接受，这个区域相当于今日俄罗斯联邦的欧洲部分、乌克兰、保加利亚等地，从而在斯拉夫语言的文字记录上有了一套书写符号。基里尔字母是拜占庭基督教会教士希腊基里尔兄弟借助希腊文字创立的。因此，在俄罗斯文化中，拜占庭因素、希腊因素占相当大的比重，也在相当程度上影响了俄罗斯文学。古希腊文化是以罗马为中心的西方文化的源头，但是，拜占庭的希腊文化却被欧洲西部视为"东方"，这是俄罗斯文学潜在的"二元根基"。

第二个值得关注的文化事件是"瓦良格人"留里克兄弟建立了俄罗斯历史上第一个王朝。"瓦良格人"就是"魏金人（维京人）"②，又称"诺曼人（北方人）"，是生活在斯堪的纳维亚的北方人，俄罗斯最早的文献《编年纪事》中记载，大约在850年，瓦良格人留里克兄弟被请来做首领，从此有了罗斯国的"留里克王朝"。留里克兄弟从一开始就制定了一条从波罗的海打通伏尔加河、第

---

① 《不列颠百科全书（国际中文版）》第5卷，中国大百科全书出版社2007年版，第94页。
② 《不列颠百科全书（国际中文版）》第17卷，中国大百科全书出版社2007年版，第559页。

聂伯河而到黑海,然后到达"希腊首都"君士坦丁堡的路线。古代罗斯将这条连通各个水系的陆路发展路线称为"伟大的水道"。后代历史学家认为,"伟大的水道"还有另外一个走向,那就是伏尔加河从西北向东南一直流入里海,这是俄罗斯通向东方的又一条"伟大的水道"。在俄罗斯文化史上,虽然"斯堪的纳维亚起源说"一直有争论,但是,俄罗斯北南发展大势一直影响至今。随后,蒙古人西进,建立金帐汗国,俄罗斯大部分地区成为蒙古帝国的附属国,但是,随着蒙古帝国的衰败,俄罗斯接替了各"汗国"的控制权,开始觊觎乌拉尔以东的广袤土地。如此,在漫长的历史发展中,俄罗斯逐渐形成从北到南、从西到东的"大十字"千年发展战略。

第三个文化事件是公元988年基辅大公弗拉基米尔选择了东罗马拜占庭传统的基督教。弗拉基米尔大公在克里米亚的赫尔松接受东正教洗礼,随即将东正教定为国教,俄罗斯从此纳入了基督教文化体系,但是,俄罗斯皈依的是以君士坦丁堡为中心的东正教,这又注定俄罗斯走上一条与罗马所代表的天主教相对峙的信仰道路。这样的宗教选择,严重影响了俄罗斯的文化,在相当长的时间里,俄罗斯文化处于西方文化之外,只是到了18世纪初的彼得一世时代,欧洲文明才"停靠在被征服的涅瓦河岸边"①。

二、古代罗斯重大历史事件

彼得一世时代横跨17世纪末和18世纪初。在彼得一世之前,

---

① 高尔基:《个性的毁灭》,第294页。

从9世纪至17世纪,俄罗斯历史中的几件大事一直是俄罗斯文学的书写对象。

第一,俄罗斯古代历史一共经历了两个王朝,9—17世纪初,是留里克王朝,1613—1917年是罗曼诺夫王朝。

第二,留里克王朝值得关注的帝王有开国者,瓦良格人(维京人)留里克兄弟;其次是988年促成"罗斯受洗"的基辅大公弗拉基米尔;再次是16世纪的伊凡雷帝。这些历史人物是俄罗斯文学、绘画、音乐艺术的重要题材。

第三,留里克王朝在13世纪经历了蒙古汗国的攻伐席卷,这样的东西方历史大变动、大运动,使俄罗斯具有了复杂的文化叠层。

第四,留里克王朝末期出现了"混乱时代",这是俄罗斯历史文化之痛,而从"混乱时代"走出的罗曼诺夫新王朝又成了俄罗斯历史文化的希望之光。乱与治的背后是俄罗斯人务求国家发展壮大的民族追求。最终,为彼得一世的出现奠定了基础。

20世纪90年代伊始,俄罗斯史学越来越多地使用"俄罗斯中世纪"的概念,在文化研究领域,也将9—17世纪的俄罗斯文化称为"俄罗斯中世纪文化"。俄罗斯史学家和文化研究者使用的"中世纪"概念显然不同于西方所言的"中世纪"。西方"中世纪"是指从古希腊、古罗马文明的跌落,到文艺复兴之间的"中间的世纪",大约是从5世纪到13世纪。而俄罗斯的历史,既没有参与古典文明和文化,也没有参与文艺复兴运动,所以,俄罗斯学者所言的"中世纪"即9—17世纪之间的"中世纪"。与这个"中世纪"相对的"古代世纪"是指斯拉夫人创立并普及西里尔文字之前的历史,而与其相对的"现代世纪"是指彼得一世以后的现代俄罗斯文化"新世纪"。

在几乎千年的漫长历史中，俄罗斯留下了古老的"中世纪文化"中的文学——首先是9—13世纪的文学。

与世界其他民族一样，在有文字记录之前，存在漫长的口传文学。从后代文字记录下来的古老的口传文学来看，有两大类型，一个是"古罗斯'创世纪'"，讲述的是9—10世纪古罗斯创立国家的传说，其中有关于留里克兄弟、奥列格大公、伊戈尔大公、奥尔加女大公、斯维亚托斯拉夫大公、弗拉基米尔大公的故事。古代罗斯这些"开国者"的叙述明显带有民间传说和历史事实相混杂的特点。随着基里尔字母的创生和推广，在古罗斯早期文化中，出现书写和传抄古罗斯历史的风尚。由僧侣们编写的"编年史"保留了这些传说，虽然，在"编年史"的书写中，它们已经被"正史化"，但是，它们的口传文学的特征依然被保留了下来。这些传说勾勒了古罗斯真实的历史事实的轮廓，所以俄罗斯文学史、文化史极其珍视这些传说。俄罗斯古老的口传文学的另一个类型是"壮士歌"，它是在俄罗斯国家和民族已经形成的背景下开始出现的民族英雄史诗。"壮士史诗"是口头创作的新阶段，壮士歌是俄罗斯口头文学创作最瑰丽的成果，它以口头的形式一直流传到18世纪，以至于20世纪。19世纪，学者们收集整理了这些壮士史诗，这些构成了俄罗斯文学的宝库。

早期的俄罗斯民间创作中，还有挽歌、童话、谚语、谜语等体裁。

基里尔字母创生之后，古罗斯文学的书面形式迅速发展，随着基督教的传播，古罗斯文字承载的基督教文学也迅速传布，其中有圣经文学、圣徒文学和信仰仪式文书；此外是古罗斯的法令、律法等文书以及宗教及非宗教的教诲书。在古罗斯文字的书写中，翻译文学也是一个重要的领域。古罗斯早期文学中,"编年史"是特别重要的遗产。在11世纪下半叶出现书写传抄的"编年史"的热潮,基辅、诺夫哥罗德的修道院都有修士编撰"编年史"。12世纪初,基辅洞窟修士涅斯托尔把这些"编年史"汇编在一起,奠定了古罗斯编年史的基本形态,成了后世各种编年史的"母本"。

古罗斯"编年史"是一个庞大而复杂体系,随后几百年,在古代俄罗斯的几个大城市的修道院都有自己的"编年史"修撰。这些"编年史"的"标准本",在近年的汉语翻译中被称为《往年纪事》。

《伊戈尔远征记》是这一时期俄罗斯文学的瑰宝,大约写于1185年至1187年之间,这是俄罗斯古代文学最为重要的遗产。

普希金说:"这部诗歌作品的真实性已为古代精神所证明,这种精神是无法伪造的。"①"其他人的诗歌加在一起也不及雅罗斯拉夫娜的悲哭,以及对战斗和溃败的描绘。"②"《伊戈尔远征记》像一座孤零零的纪念碑矗立在我国古代文学的荒漠中。"③《伊戈尔远征记》是与法国的《罗兰之歌》、西班牙的《熙德之歌》、德国的《尼拔龙根之歌》相媲美的民族史诗。

而在《往年纪事》里,斯拉夫人被描绘成诺亚的后代,《往年纪事》的纪年方式带有明显的古文本特征,它以犹太人旧约时代的"创世纪纪年"方式来标记时间年份,即从上帝创造世界开始纪年。俄罗斯人也极为珍视古文字抄写的《往年纪事》。

13世纪,蒙古西征,古代俄罗斯文化进入特别时代,对后世文学影响很大。其中关于弗拉基米尔大公亚历山大·涅夫斯基

---

① 《普希金文集》(第7册),人民文学出版社1995年版,第271页。
② 同上。
③ 同上书,第257页。

（1220—1263）的传说影响极大，至今还是俄罗斯文学的一个大主题。

14世纪至16世纪，西部欧洲资产阶级兴起，经济迅速发展，文艺复兴运动三百年，西部欧洲大踏步转向新时代，科学、技术、文明迅猛改变，而俄罗斯还在"中世纪"的状态中。然而，就广义的文学来说，这几百年也是留下了大量的、丰厚的文学遗产，其中的重要历史，比如伊凡·瓦西里耶维奇，即伊凡四世、伊凡雷帝（1530—1584）朝代更是留下了大量具有巨大影响意义的文献。但是，就纯粹的文学来讲，相比于古老的文明古国，相比于欧洲其他民族国家，普希金所言的"古代文学的荒漠"，毕竟还是古代俄罗斯文学的客观事实。

三、面向西方的彼得一世改革

17世纪末，彼得一世（1682—1725年在位）担负起带领俄罗斯学习西方先进文明的历史任务。

俄罗斯在向西方学习的道路上，跨越了空间上的障碍，却与西方发生了时间上的交错。俄罗斯进入西方文化系统不久，便遇上西方的启蒙运动，而当时的俄罗斯沙皇专制农奴制正处在上升阶段。

彼得一世极力引进法国君主专制体制及其文化，更强化了专制和农奴制，使之步入隆盛时期，再后来叶卡捷琳娜二世（1762—1796年在位）继续大力加强专制统治。整个18世纪，俄罗斯帝国成为横跨欧亚的大国。然而，俄罗斯国内贵族特权阶层和广大民众之间的矛盾日益激化。18世纪末发生的普加乔夫领导的农民起义，集中表现了这个时代的社会问题。现实的发展产生的矛盾促使俄罗斯有识之士开始思考俄国和西欧在政治和文化领域之间的差距以及俄国的出路。

18世纪的俄国文学是在西欧文学影响下,尤其是在法国文学的直接影响下发展的。当时,模仿西方的古典主义成为俄国文学的主要内容。但是,俄罗斯帝国上升时期的俄罗斯文化在发展中还有值得特别关注的事件。

第一,彼得一世的文字改革。古斯拉夫语书写体系过于复杂粗陋,彼得一世亲自督导,修改了俄语字母表。"彼得一世字母表"的颁布对俄罗斯的现代化有很大的推进作用。

第二,彼得一世力促俄罗斯东正教全文翻译圣经,这项工作在他死后的1755年完成。

第三,18世纪中期,出现了一位传奇般的文化巨人罗蒙诺索夫(1711—1765)。罗蒙诺索夫是"百科全书式的人物",是俄罗斯的启蒙者,他创立了俄罗斯第一所大学——今日的莫斯科大学。他规划了俄语高、中、低三个层次的词汇表达系统,他用俄语创作的古典主义诗歌成为俄罗斯文人诗歌的第一典范。

罗蒙诺索夫出生在俄罗斯阿尔哈格尔斯克省北部小村庄米沙宁斯卡娅的渔民家庭,后来,米沙宁斯卡娅村合并到杰尼索夫卡村。这个小村庄坐落在北德维纳河下游的河汊地带,遥望北冰洋,紧邻北极圈。罗蒙诺索夫的人生历程,在俄罗斯文化史,乃至世界文化史上都是一种跨文化的典范:从北极的村庄走出,到西方学习,然后超越西方,在世界科学和文化中建立起俄罗斯文化大厦。

18世纪后半期,俄罗斯文学出现了代表性作家康捷米尔、杰尔查文(1743—1816)和冯维辛。到了1799年,普希金诞生,俄罗斯文学"真正的太阳"升起。

第一讲　俄罗斯十九世纪初文学概观

一、"古今文体"之争

进入19世纪,西方影响依然强大。当西欧兴起浪漫主义的时候,俄罗斯文人又跟随而行,由此引发了一场有关俄国文化发展道路的论争。论争双方围绕文学语言发展问题而展开。一方以退役海军上将希什科夫为首,被称为"古文派"。他们对当时文坛上流行的所谓"法国歪风"极其愤怒,认为俄语的发展必须和斯拉夫传统保持一致,不能让法语的入侵败坏了俄语的纯正。从古文派具体的论证中可以看出,他们所谓的法国语言植入俄语的问题,不是单纯的语言问题,更重要的是指法语所带来的欧洲新思想和新观念。这个新思想就是法国以及德国在18世纪表现出来的轰轰烈烈的启蒙主义,是18世纪末法国更加轰烈激荡的大革命。希什科夫指责"俄罗斯新文体",认为新文体是法国文体移入俄罗斯古文体的结果,而这种充满血腥和败坏风俗的法国文体至今仍盘踞在法国。

这场"古今文体"之争的背后,还有更大的时代动荡的大背景。法国大革命引起欧洲恐慌。1793年,神圣罗马帝国组织"反法联盟",开始了针对法兰西共和国的"法兰西战争"。拿破仑的崛起粉碎了第一次"反法联盟",1799年欧洲组建第二次反法联盟,自此,俄罗斯开始参与"反法联盟"。从保罗一世

（1796—1801年在位）王朝的1799年到亚历山大一世（1801—1825年在位）王朝的1815年，在欧洲组建的六次反法联盟中，俄罗斯一直是主力。一方面，法国大革命、拿破仑的崛起唤起了俄罗斯对法国、对拿破仑的崇拜。另一方面，俄罗斯帝国又站到了敌对法国的阵营，自然要求俄罗斯建立起爱国主义热情。19世纪初，两种思想的交锋弥漫在俄罗斯的各种场合。在列夫·托尔斯泰的《战争与和平》的开篇，宫廷女官安娜·舍雷尔举办的晚会上展现的正是这样的时代大争论。

正是在俄法1812年大战前夕，古文派主将希什科夫和老诗人杰尔查文于1811年在彼得堡组织建立"俄罗斯语文爱好者对话"文学社团，集中讨论古文体和新文体的优劣，这个社团成了古文派的堡垒。他们崇尚的"古文体"是教会斯拉夫语的根基，是罗蒙诺索夫制定的高、中、低三层次的俄语体系。

"古今文体"论争的另一方是以卡拉姆辛为首的新派作家。他们受欧洲启蒙主义思潮和感伤主义文学的影响，在作品中大量使用外来语、口语，并创造一些新词语。他们是"革新派"。革新派有着明显的"嫁接"意识，试图在引进新语汇的同时更新陈旧的俄罗斯文化。1815年，茹科夫斯基、巴丘什科夫、维亚泽姆斯基等人成立"阿尔扎马斯社"，同"对话"社团展开争论，主张大力引进西方文化。这些作家被欧洲新兴的浪漫主义文学深深打动，将英、法、德等国的文学新风向带进文坛，把欧洲启蒙主义思想、法国大革命精神和拿破仑精神引进俄国社会。的确，正如古文派指责的那样，新文体的语体，不仅仅是语言问题，它动摇了俄国传统的斯拉夫信仰，动摇了俄国沙皇专制农奴制的固有观念，在当时具有相当大的进步意义。但是，在向西方学习的时候，如何坚持民族立场？

是否应该将俄国全部纳入西欧文化之中？这是一个尖锐复杂的问题，特别是在俄法战争的背景下，民族文化的坚守和新文化的引进与时代要求的爱国主义构成十分复杂的关系，这个问题和改造俄国专制农奴制的社会任务纠缠在一起，贯穿了整个19世纪，深刻地影响了整个19世纪的俄罗斯文学。它也体现了文学发展的普遍规律，文学作为文化的重要组成部分，它的重大转型总是以语言革新运动为先导，而语言革新又总是社会时局、社会体制大变革的反应。

经过19世纪初的"古今文体"之争，俄罗斯文坛发生了变化。尽管像杰尔查文这样的古典主义时代的老作家依然在创作，但是，文坛头彩已经是革新派的浪漫主义。促使19世纪俄国文学发展的更为深层的原因是俄国社会的变革。

二、1812年卫国战争与十二月党人起义

1799年，神圣罗马帝国、大不列颠王国、奥斯曼帝国和俄罗斯帝国以及那不勒斯王国、葡萄牙联合组成第二次反法联盟。随后的几年里，俄法之间，时战时停。1812年，拿破仑入侵俄罗斯，旋即又被赶出俄罗斯。在这个时期，俄罗斯民众抗击入侵者的爱国精神空前高涨。1813—1815年，俄罗斯外线作战，深度参与欧洲战事，成为赢得"拿破仑战争"胜利的主力军。但是，深度参与欧洲事务的同时，俄罗斯进步人士也切身认识到俄国和西欧的差距，反法战争的爱国热情促进了俄国民主热情，一大批年轻军人在经过战争、西欧启蒙主义洗礼后，对沙皇专制的不满情绪迅速增长。

俄罗斯贵族阶级中,特别是俄罗斯军人中的优秀人士开始积极行动,公开向落后的俄罗斯帝国的专制统治和农奴制度宣战。在俄国首都和外省相继出现一些贵族青年军官组成的秘密革命团体,其中最有名的是南方协会和北方协会。这两个协会都公开将革命目标对准沙皇专制制度。南方协会一开始就提出了一个彻底废除等级制度、解放农奴、建立共和国的政治纲领。北方协会经过领导人的数度调整,也在1825年提出了废除专制农奴制的纲领。不久,1825年12月14日,北方协会会员利用亚历山大一世去世、新沙皇尼古拉大公还没有登基的"皇位虚悬"的机会,率领几个近卫军团进入彼得堡枢密院广场,企图用武力迫使枢密院发布废除专制体制和农奴制的宣言。但是,起义领导人不够果断,新沙皇尼古拉一世却下令用散弹轰击起义军。起义失败,五位领导人被处以绞刑,其余参与者被流放。这就是历史上著名的"十二月党人起义"。这次起义不仅是19世纪前半叶俄国政治生活中的一件大事,也是俄国文化史上一个重要的里程碑。十二月党人的思想对俄国文学艺术的发展产生了重大影响。

1812年反拿破仑的"卫国战争",1825年12月14日的十二月党人起义,是俄罗斯文学史上不断被重复的主题。

三、俄罗斯十九世纪初的文学之星:卡拉姆辛、茹科夫斯基、拉季舍夫

19世纪初期俄国文学的主要成就是新兴的浪漫主义与现实主义。影响新兴文学发展的三位重要先行者是卡拉姆辛、茹科夫斯

基和拉季舍夫。

尼古拉·瓦西时耶维奇·卡拉姆辛（1766—1826），一个深受西欧感伤主义文学影响的作家。1792年，他发表中篇小说《可怜的丽莎》，讲述了一个经典的感伤故事。贵族青年爱拉斯特和农家女丽莎相爱，情深意笃，然而，爱拉斯特却为金钱而迎娶了富有的寡妇，可怜的丽莎投湖自杀。小说吸引了无数俄罗斯读者，风行一时。随之出现了许多模仿之作。一时间，抒发忧郁之情，怜惜孤独之状、哀唱死亡之声的感伤主义诗歌充斥文坛。正如英国感伤主义和法国卢梭那些带有感伤情绪的作品成为浪漫主义的先声一样，俄国19世纪初的文学状况也是如此。卡拉姆辛的感伤主义唤起了俄国的浪漫主义。于是，在欧洲文学影响下而获得巨大成功的卡拉姆辛成为"新文体"的代表，因而也成为"古文体"捍卫者敌视的对象。《可怜的丽莎》的革新是成功的，但是，它的模仿性质，也显示了"新文体"的幼稚。从1816年开始，卡拉姆辛陆续出版《俄罗斯国家史》（12卷本），这是一部恢宏的巨作，卡拉姆辛生命最后几近20年的时光都倾注在这部历史书上，1826年，卡拉姆辛去世之时，已经出版了12卷。从古罗斯一直写到1612年留里克王朝结束。这一多卷本大部头的历史著作，既是奠定俄罗斯国家历史书写的基石，又是俄罗斯文学的卓越丰碑。

瓦西里·安德烈耶维奇·茹科夫斯基（1783—1852），俄国第一位浪漫主义作家，是俄国诗歌新潮的发起人。1802年茹科夫斯基以挽歌体《乡村墓地》为题翻译出版了英国感伤主义诗人托马斯·格雷的《墓园挽歌》。在茹科夫斯基之前，早有俄罗斯文人翻译了这首诗歌,而茹科夫斯基的"翻译"是一种按自己的意愿而做的自由的"意译"。茹科夫斯基在原作的意译过程中加入了许多自己的创作。这种翻译加创作的方式成了茹科夫斯基创作的一大特点。1808年,茹科夫斯基发表《柳德米拉》,获得极大成功,然而这首长诗实际上是在德国诗人戈特弗里德·奥古斯特·比尔格尔的叙事诗《列诺拉》的基础上改写的。《柳德米拉》在俄国文学中第一次向读者描绘了浪漫主义的世界。1813年,茹科夫斯基再一次根据《列诺拉》创作叙事长诗《斯维特兰娜》,这是给茹科夫斯基带来巨大文学声誉的成果,诗人把德国的故事嫁接到俄罗斯的民俗之中,在俄罗斯当时的读者中产生了巨大的影响。长诗主人公民间少女斯维特兰娜非常思念远行的未婚夫,在圣诞之夜为未婚夫占卜,忽然未婚夫骑马归来,面色苍白,如同死人。未婚夫劫走斯维特兰娜,将她带进坟墓。斯维特兰娜惊恐万分,突然惊醒。原来是噩梦一场。天光大亮,斯维特兰娜的未婚夫真的骑着白马归来,两个年轻人幸福结合。这是一首极富浪漫精神的长诗,噩梦世界和光明世界形成鲜明对比,民歌格调和民间风俗贯通全篇,在俄罗斯文坛赢得一片赞许。1831年,茹科夫斯基终于把德国诗人比尔格尔的叙事诗《列诺拉》按忠实于原作的方式翻译成俄语,尽管德文原作中主人公对上帝的责难还是被茹科夫斯基淡化了,但是译文基本上还原了原作。一首外语叙事长诗,竟然被一个俄罗斯诗人三度转换文化空间,而且都被俄罗斯读者接受,这是一个很有趣的跨文化文学迁移的情况。

茹科夫斯基在文学史上的另一个功绩是召唤了俄国文学伟大诗人普希金的到来。

亚历山大·尼古拉耶维奇·拉季舍夫（1749—1802），无论从其生活年代，还是从作品的写作时间来看，拉季舍夫都是18世纪的作家。但是，他的思想，他的主要作品的影响力，却是在19世纪。拉季舍夫对整个19世纪俄罗斯文学都有深远影响。拉季舍夫主要是一个哲学家、思想家，他以书信形式表达出来的哲学观念、思想观念显然是接受西欧启蒙主义的结果。以此为基点，拉季舍夫全方位地抨击了俄国专制制度的落后和腐败。1790年出版的《从彼得堡到莫斯科旅行记》，突破了18世纪俄罗斯文人对西欧的模仿。作者以一个成熟的思想家的观察力，以一个成熟的哲学家的批判精神，直面俄罗斯现实，直接呈现俄罗斯现实。因此，拉季舍夫的《从彼得堡到莫斯科旅行记》超越了欧洲流行的感伤主义和浪漫主义，达到了批判的、冷静的现实主义高度，并且为以后二百多年的俄罗斯文学奠定了一种在漫游中巡视俄罗斯现实的"旅行"文体。《从彼得堡到莫斯科旅行记》在献词中说："我环顾四周，我的灵魂因人类的苦难而开始感到被侮辱。"《从彼得堡到莫斯科旅行记》的第一章是开始"出发"，随后各章是从彼得堡到莫斯科沿线的地名，最后一章是"谈谈罗蒙诺索夫"，最后以一个叠句"莫斯科，莫斯科"结束。其中"特维尔"一章，拉季舍夫以路遇诗人展示自己诗歌的方式，发布了一组诗歌，这组诗歌在俄罗斯诗歌史上，常常被称为"俄罗斯第一自由颂"。《从彼得堡到莫斯科旅行记》记录沿途所见，所遇，所听，所感，揭发专制、农奴制下贵族阶级对普通民众的压迫，以大量的事实证明专制政权不可能自愿交出权力，因此，拉季舍夫尖锐地提出以革命的方式进行改革。这实际上是对1789年法国大革命的直接呼应。

拉季舍夫的《从彼得堡到莫斯科旅行记》也预示了俄国19世

纪现实主义文学的方向。这本书真实地描绘了俄国专制农奴制状况,揭示俄国专制的深刻矛盾,展现俄罗斯大地从城市到乡村的苦难,是整个19世纪俄罗斯现实主义文学的最大特点。

《从彼得堡到莫斯科旅行记》被送到叶卡捷琳娜二世手中,女皇震怒,亲自督办,授意司法机构下令逮捕拉季舍夫,亲选法官审理此案,并下令将其销毁,结果拉季舍夫被判处死刑。后来,叶卡捷琳娜二世为了显示"宽容"与"仁慈",将死刑改为流放西伯利亚十年。《从彼得堡到莫斯科旅行记》被勒令全部销毁。这项禁令一直到1905年才被彻底解除。但是,整个19世纪,拉季舍夫的这本书被手抄流传,也有部分章节被选出发表。1796年,叶卡捷琳娜二世女皇去世,拉季舍夫被赦免。1801年,沙皇亚历山大一世任命拉季舍夫为立法委员会委员。拉季舍夫满怀希望,全力工作,但是,他的希望很快破灭了,1802年拉季舍夫服毒自杀。

拉季舍夫是18世纪末最有革命精神的启蒙主义思想家,是19世纪俄罗斯民主主义思潮的先知,他奏响了19世纪俄罗斯批判现实主义文学的序曲。

在19世纪初的作家中,克雷洛夫(1769—1844)创作了世界闻名的寓言诗,这是克雷洛夫持续了半个多世纪的创作。格里鲍耶陀夫(1795—1829)创作了四幕诗歌体的喜剧《聪明误》(1824)。克雷洛夫和格里鲍耶陀夫尽管参加了"古文体"派的"俄罗斯语文爱好者对话"活动,而且他们的作品的讽刺对象也是针对那些一味模仿西欧的"新文体",但是,他们在对待俄罗斯社会的民主主义倾向上,与顽固的"古文体"领袖们有所不同,克雷洛夫和格里鲍耶陀夫的创作显示了19世纪初俄罗斯文学古典主义向另一种"新文体"——自觉的、自主的、批判的俄罗斯文学的过渡。

四、"十二月党人"诗人

1812年以后,俄国民主运动的高涨、1825年12月14日爆发的十二月党人起义,都可以说是拉季舍夫"子孙"辈遥接拉季舍夫民主精神的结果。"十二月党人"作家在俄罗斯文学史上是一个独特的"流派",他们中的雷列耶夫(1795—1826)、丘赫尔别凯(1797—1846)、拉耶夫斯基(1795—1872)等,创作了许多充满革命思想的诗歌,形成了与茹科夫斯基不同的文学派别。这些"十二月党人诗歌"在形式上基本采用古典主义,但是诗歌的内容突破了古典主义的局限,形成了由反抗专制的情绪而勃发的激情状态的诗歌语言表达方式,因此,"十二月党人"的诗歌相比于茹科夫斯基所代表的柔情的浪漫主义有很大区别。在19世纪20年代,这种以反抗精神、爱好自由、饱含叛逆和革命情绪的浪漫主义诗歌成为俄国文学的主流。

19世纪初期,浪漫主义小说也取得较大成就,深受广大读者欢迎。亚·亚·别斯图热夫(1797—1837)是著名的"十二月党人","别斯图热夫兄弟"中的长兄,在流放地高加索开始用笔名"马尔林斯基"发表作品,19世纪30年代被誉为"俄罗斯第一散文家"(别林斯基语),他的作品带有强烈的浪漫主义色彩,他的《俄国中篇小说和故事集》是当时的畅销书。这一时期的俄国小说尽管还不成熟,但是预示了果戈理及其他小说家的到来。

活跃在19世纪20年代俄国文坛上的作家,除普希金和"十二月党人"诗派,还有达维多夫(1784—1839)、维亚泽姆斯基

（1792—1878）、巴拉丁斯基（1800—1844）等诗人。他们是普希金的朋友，经常与普希金往来酬唱，互相影响。这批诗人连同茹科夫斯基等老一代诗人和后起之秀莱蒙托夫（1814—1841）等，共同创造了俄罗斯文学史上第一个诗歌创作繁荣期。

19世纪最初几年各种文学体裁的蓬勃发展，预示着俄国文学黄金时代的来临。

第二讲　俄罗斯文学语言奠基人
——普希金

一、普希金与俄罗斯文学的"黄金时代"

18—19世纪之交的二三十年,俄国文学终于穿越几百年的"文学荒漠",开始进入自己的繁荣时代。文学成为俄国公众生活的一件大事,成为俄罗斯民族振兴的最重要领域。在这个过程中,普希金起到了巨大的划时代作用。

亚历山大·谢尔盖耶维奇·普希金(1799—1837)是俄国近代文学的奠基人,是俄罗斯现代标准语的创建者,常常被誉为"俄罗斯文学的太阳"或"俄罗斯文学之父"。19世纪前半叶,俄国文学在短时间里就走过了西欧文学用几个世纪才走完的路,这样的突飞猛进,在很大程度上与普希金有关。普希金生于古老的贵族之家,成长于俄法战争及贵族革命时代。他的父辈就是文学界人物,崇尚法国文学。卡拉姆辛、茹科夫斯基等"新文体"派别人士是普希金家中常客。普希金8岁就可以用法语写诗,12岁进入彼得堡皇村中学,15岁发表第一首诗歌《致友人》。中学期间,普希金写了一百多首歌唱爱情和友谊的诗歌,尽管大多是习作和模仿之作,但是也显示了少年普希金的诗歌才华。

2011年,时任俄罗斯联邦总统的梅德韦杰夫签署了一项法令,把每年的6月6日定为"俄罗斯语言日",并且将这个"俄罗斯语言日"以俄罗斯伟大诗人普希金的姓氏来命名,即"普希金-俄罗斯语言日"。

公历的6月6日,是普希金的生日。每年的6月6日,在俄罗斯的各大中心城市,都会举办一系列的文化活动,有官方的庆典,也有大量的群众自发组织的街头活动。由此可见,普希金在俄罗斯文学史和文化史上都具有重要地位。几乎所有文学史教科书、俄语的词典、百科词条,都会写下这样一个评价:普希金是现代俄罗斯文学语言的奠基人。这里的"现代俄罗斯文学语言"是指现代俄语的标准语,也就是现代俄语。

俄罗斯历史、文化史,有着悠久的、深厚的历史渊源。自然,俄罗斯语言也同人类其他语言一样具有悠久的历史,但是与其他民族相比,就语言书写的发展来看,俄罗斯语言文字诞生是比较迟晚的。俄语的文字书写符号——西里尔字母是公元9世纪中叶才创生,所以,关于俄罗斯古代文化的记载,相对来说是比较稀有的,文学的记载更是寥寥。从世界历史进程看,与埃及、巴比伦、中国、印度、古希腊这些古老的文明国家相比较,与西欧那些民族国家相比较,俄罗斯的文学是后起之秀。普希金曾说过:"遗憾的是,我国并不存在古代文学。我们身后是一片黑暗的草原,在这片草原上仅仅矗立着一座丰碑——《伊戈尔远征记》。"普希金说:"我们的文学是在18世纪突然出现的,犹如俄国贵族一样,没有祖先和家谱。"①

普希金对俄罗斯文化的认识,符合当时的历史事实,18世纪"突然出现"的俄罗斯文学一直在寻找"祖先"和"家谱"。普希金

---

① 《普希金文集》(第7册),人民文学出版社1995年版,第246页。

就是在这种时代的呼唤中脱颖而出的,普希金的人生不满38年,但是,普希金对于俄罗斯文化、语言、文学的发展具有奠基性的意义。

普希金生命短暂,对俄罗斯文学的贡献却是巨大的。他的创作数量非常丰厚,而且多种多样、内容丰富、无所不包。他的创作,可以说是一个"完整的世界",按照比较流行的全集版本来统计普希金的创作产量,会让人十分惊讶:普希金一生中,一共写下了783首抒情诗,完成了1部长篇的诗体小说,12首叙事长诗(另有6部半成品叙事长诗),7首童话故事诗,还有1部长篇小说,13部短篇小说,8种戏剧。此外,还有大量的历史著作、随笔、论文、游记和书信。普希金的文化遗产不仅数量多,而且在每一种体裁的遗产中都有大量的上品佳作。

二、普希金的创作历程

(一)创作起步期

普希金的生命历程很短暂,在短暂的生命中,可以按两个事件划分成四个阶段。一个事件是流放南俄,一个事件是结婚成家。这是普希金生命中两个标志性的事件。

从普希金出生到他流放南俄是第一阶段。其中,从1799年出生至1811年上学,是普希金童年、少年时代。

普希金生于俄罗斯老都城莫斯科,按当时最流行的贵族家庭培育方式长大。莫斯科至今保留着普希金儿童时代学习跳舞的华丽宅邸。普希金母亲这一支脉的亲缘十分特别，普希金母亲的祖父，也就是普希金的外曾祖叫汉尼拔，是一位非洲人，是彼得一世的黑人仆臣。所谓"仆臣"，地位特殊，这位汉尼拔虽然是黑人，但不是一般的黑奴，彼得一世很看重他，他成为彼得一世身边的一个仆臣。这种血缘关系也隐含着普希金的独特民族身份认同。普希金是俄罗斯伟大的诗人，但是他身上有异族的血脉，越到成年，这种血脉的文化根性影响越大。普希金生前已经开始动手写以"彼得一世身边的黑人"为题的作品了。1811年，普希金进入彼得堡的皇村中学，他是这一所新开设的皇家贵族学校的第一届学员。就在他读中学期间，1812年爆发了俄国与拿破仑的战争，这场战争当然也影响了正在读中学的普希金。1815年1月，普希金在皇村中学的升级考试中朗读了自己创作的抒情诗《皇村回忆》（1814）。朗诵完毕，少年得到了在场的俄国文学老一辈的赞扬。主考官老诗人杰尔查文激动地拥抱普希金，说这个少年是自己的继承人。这个故事一直被当作少年普希金在俄罗斯诗坛闪烁登场的美妙一刻。这首诗歌的内容是与皇村中学相关的1812年卫国战争往事。

皇村中学对于普希金来说，不仅仅是知识的学校，还是他的自由思想的摇篮。在这个皇家学校里，有很多老师具有自由之精神，同学也都是具有自由之精神的年轻人。1817年，普希金从皇村中学毕业，进入俄国的外交部任职。但是，普希金的主要精力都放到了诗歌写作上。

1820年普希金发表长诗《鲁斯兰与柳德米拉》，获得极大的文坛荣誉。这是普希金第一个创作高峰的标志性成果。

青年时期的普希金和贵族的自由派有广泛的交往，这些自由派的朋友,许多成了"十二月党人"。在他的诗歌里,反对专制、歌唱自由是一大主题,因此,普希金在沙皇皇权看来是危险人物。1820年,普希金被派往南俄,这实际上是对普希金的一个变相流放。从少年到青年,普希金写下的抒情诗,堪称一个诗人的第一间文学实验室。

(二)创作激越期

1820年,普希金到南俄。所谓南俄是指俄罗斯南部的高加索的山南山北地带,早在公元9世纪,古老的罗斯人就把发展方向瞄准了南俄。这里的罗斯人和东方人之间的关系是俄罗斯的一个特别的文化现象。所谓东方人是指鞑靼人、切尔克斯人、车臣人等高加索的山民,以及黑海周边的民族,一千年来,罗斯人在这里与这些民族和外族人征战、撕拼、争夺。这就是高加索。当一个平原地带的俄罗斯人来到南俄,无论是肉体上还是精神上,都会经历一场洗礼。

普希金在南俄生存空间发生巨变,激发灵感的外部刺激"纷至沓来",思想和诗意出现质的飞跃。在这个时期,普希金连续创作出长诗《高加索俘虏》《强盗兄弟》《巴赫奇萨拉伊的泪泉》等代表性作品,并且开始创作一生中最重要的诗歌体长篇小说——《叶甫盖尼·奥涅金》。这一阶段的作品,可以让读者明显地看到,外部世界投射到普希金诗歌中的奇异光影,伏尔加河、顿河、第聂伯河,这些大河,高加索群峰,克里米亚的山峦,黑海、亚速海的海景,这些自然的外部世界轮番往复地进入诗人的生命。大河和草原、山地和大海、军旅和异族、爱情和孤寂、流放的悲情和遭遇的新颖,这些构成了这一时期普希金诗歌的独特风格。

1829年，普希金在他第一次求婚失败以后，极度失望，于是再一次游历了高加索，希望这里的大自然可以疗治他的精神创伤。可见，高加索对普希金的影响很大。这一次南俄之行留下的文字既包含旧地重游的喜悦，又有人生失败的悲伤，还有重见高加索、重新理解高加索的深思。当然，高加索和普希金的关系中，还有帝国征服和异族抵抗的政治关系。这一层内容在南俄诗歌中也有突出的呈现，普希金的南俄长诗，都是这个领域的主题。

（三）创作成熟期

1824年，普希金被构陷，因而被转换流放地，命令他居留到北方他父亲的领地——普斯科夫省的米哈伊洛夫斯克村，由当地警察局监视他的行为。这种流放，实际上是一种观念上的流放，在乡村，普希金有相对的自由空间。这是普希金十分喜爱的地方，写作上渐入成熟的诗人在这里获得了安静的创作时空。附近有一个三山村，普希金和邻居相处得很好，田野的风光，保姆的民间故事，邻居的热情，乡村女孩子的淳朴，给诗人带来了很多的幸福感，也带来了创作的灵感。普希金在这里写下的抒情诗充满了优美感。在这个安静的时空里，普希金写下了在南方已经构思好的抒情诗《致大海》（1824），这是普希金最著名的诗歌之一。也是在这里，诗人完成了叙事诗《茨冈》（1824）。这首长诗的主题非常特别，思想十分超前。长诗讲述了一个俄罗斯人偶然地进入了一个茨冈人的营帐，爱上了茨冈人首领的女儿，结为佳偶。但是，这位俄罗斯年轻人很快发现茨冈姑娘又跟别人幽会，于是杀掉了幽会中的茨冈人。文明的俄罗斯青年准备接受茨冈人的惩罚，但是，茨冈首领只是让他离开。这首长诗在19世纪20年代就提出了文明礼俗和感情自由相矛盾的问题，揭示出诗人对文明社会的批判态度。后来，梅里美的《卡门》（1845）也是探讨这个主题。普希金也是在这里完成了《叶甫盖尼·奥涅金》第三章的写作。

1825年底，普希金在小山村幽静地生活着，而俄国政治生活却发生了重大改变。俄国沙皇亚历山大一世在巡行南方的时候突然驾崩，他的弟弟尼古拉一世登基。就在新老沙皇交替的时候，12月14日，俄罗斯贵族革命派趁机在首都彼得堡发动了起义。十二月党人起义是一个重大的政治事件。普希金在南俄，与南方的革命党人有广泛的接触，在北方也有很多朋友是革命党人。

普希金在米哈伊洛夫斯克村两年期间写出几十首抒情诗，其中《致大海》是普希金自离开南俄敖德萨时开始构思的，它的主题是歌唱自由，向往自由。在诗人的笔下，大海是自由的元素，是自由的象征，诗人歌咏大海是对专制制度压抑氛围的反抗。这首诗是19世纪20年代俄国反专制的革命情绪的集中表现，被认为是普希金抒情诗的代表作。此时，普希金还创作了历史剧《鲍里斯·戈都诺夫》（1825），他以莎士比亚为榜样，大胆地突破了当时还统治欧洲的古典主义的规则。《鲍里斯·戈都诺夫》以俄国历史上17世纪初的"混乱时代"为背景，写出了伊凡雷帝暴政后，天下大乱，假王子盛行，僭主当政的历史必然性，并超前地展示了人民决定历史的思想倾向。

1826年9月，当局解除了对普希金的行动限制，普希金来到莫斯科。此时的普希金，人生的目标已经确定，更加坚定地追求文学，几乎是一个职业作家，在思想上依然站在自由派一边。这时的抒情诗，有一组是献给流放在西伯利亚的"十二月党人"的诗歌。这些诗歌被广为流传。

（四）创作丰盛期

1830年，普希金再一次向他喜欢的女孩子求婚，喜获成功，人生迎来最大幸福，但是也是普希金悲剧命运的开始。普希金追求的女孩是全俄最美丽的姑娘。为了这个美丽的姑娘，为了养育家人、保护家人、保护名誉，普希金开始了另外一种繁忙的生活。期间，从文学的角度来说，最值得被讲述的是1830年的秋天，这是普希金艺术生命最灿烂的秋天。普希金为了筹集结婚的费用来到了波尔金诺村处理田产，结果遭遇瘟疫。道路封闭，回不了莫斯科，普希金不得不蛰居乡下，却获得了宝贵的宁静。在这里，普希金写下了五篇短篇小说。后来，这些短篇小说集成一本书，便是著名的《别尔金小说集》。此外，普希金在这里还写下了四个短剧本，创作了一组诗歌，以及《神父和他的长工巴尔达的故事》《母熊的故事》（未完成，诗人死后1855年发表），与此同时，他继续修改《叶甫盖尼·奥涅金》。

《别尔金小说集》的全名是《已故伊凡·彼得罗维奇·别尔金小说集》，由五个短篇故事构成，外面套了一个"已故作者别尔金"的框子，这是欧洲小说的一种技巧，是一种"甄士隐"的笔法。五篇小说分别是《射击》《暴风雪》《棺材店老板》《驿站长》和《村姑小姐》。其中《驿站长》的主人公是一个十四品文官的小驿站站长萨姆松·维林，这是一个关于他失去女儿杜尼亚的故事。虽然这是老套的贵族拐骗贫家女的故事，但是，普希金的处理却有独到之处，十四品文官是俄国文官体制最低一层职位，所以，小说开头就说，客人对待驿站长的态度是"谁都可以"呼来喊去。驿站长维林的悲剧不仅仅在于女儿被贵族拐骗，更在于这个贵族最后并没有像维林想象的那样"始乱终弃",女儿杜尼亚在贵族之家生活得很幸福。恰恰如此,老维林才在孤苦的等待中死去。俄罗斯帝国的等级制度在维林的亲情和女儿的幸福之间划下一道不可逾越的深沟。这篇小说被看成俄国现实主义小说的开山之作。维林被看成底层"小人物"系列的第一人。《棺材店老板》写的是梦幻故事,内容离奇,情节古怪,作家却用极写实的笔法平淡写出,在怪诞和平庸之间形成一种对比。其他三篇小说都是极为浪漫传奇的故事:《射击》是惊悚型,《暴风雪》是巧合型,《村姑小姐》是田园牧歌型。不同的风格似乎透露出普希金写作时的"实验"性。普希金在编制这些故事时,似乎在寻找散文的技巧,实验的结果显示了抒情诗高手普希金写散文故事也可以掌握高超的情节剪接技艺。普希金在波尔金诺短短三个月,竟创作出如此多彩的优秀作品,俄罗斯文学史家常常把它称为"波尔金诺之秋"。

1831年初,普希金与俄罗斯第一美女冈察罗娃结婚,为了维护这份幸福,为了养家,普希金又定居彼得堡,重新去外交部供职,拿十等文官的俸禄。但是,他的生命已经全部倾注在文学上,所以,公职差务让普希金不得开心颜。

1833年底,普希金被授予"宫廷侍卫"的头衔,按惯例,这样的职位是给20岁左右的年轻人的,授给普希金,是因为沙皇尼古拉一世想让普希金的年轻妻子可以经常参加宫廷舞会。这样的议论使普希金陷入巨大的苦恼。奢华的家庭开支和频繁的社交活动使普希金负债累累。诗人不得不在出版商、当铺老板、高利贷者之间奔走。与此同时,他又不得不先后接受了沙皇的45000卢布的"馈赠"。这又让诗人陷入更深的痛苦。诗人自由的天性和现实生活产生了极大的矛盾。普希金多次要求辞去公职,隐居乡间,专心写作，均遭到拒绝。

1833年，《叶甫盖尼·奥涅金》写成，全书集成出版。这部作品凝结着普希金七年多的心血，是俄罗斯文学的里程碑。

这段时间，普希金的抒情诗创作明显减少，他把精力投放到更大型的创作中。他创作了童话长诗《沙皇萨尔坦的故事》《渔夫和金鱼的故事》《死公主的故事》《金鸡的故事》。此时，普希金的语言风格日臻成熟，这些童话诗来自民间，普希金在精心保存民间文学的语言风格品质的同时，自创了一种独特的、纯净的新文体。这些童话诗是俄罗斯文学的瑰宝，是世界儿童文学的精品。

此时，普希金创作了思想深刻的长诗《青铜骑士》（1833）。长诗对彼得一世的功绩提出了质疑。彼得一世为了建设一个强大的海军，1703年，在涅瓦河通向波罗的海的出海口的低洼地带建立了"彼得要塞"，随即把首都移到这里，由于地势低洼，彼得堡连年被海水倒灌。《青铜骑士》讲述的就是在这个背景下的"彼得堡故事"：一个低下的小官员在1824年彼得堡大水灾中失去了一切。他向彼得一世的青铜塑像发出诅咒，却被塑像的幻影追逐，最后在恐怖中死去。普希金在诗中表现了一个具有深远社会意义的主题：帝王伟业与平民生活之间的深刻矛盾。

普希金这时期完成的《普加乔夫史》（1834）具有特别意义。这是一本特别的史书。普加乔夫在18世纪叶卡捷琳娜二世当政时期领导了一场声势浩大的农民起义，书写这段历史显然可见普希金的倾向性。在写《普加乔夫史》的同时，普希金创作了长篇小说《上尉的女儿》（1836）。这是一部以普加乔夫起义为背景的作品，在故事叙述中，农民起义领袖的形象是相当正面的。1833年，普希金在整理农民起义领袖普加乔夫史料的基础上，开始创作长篇小说《上尉的女儿》,小说在1836年发表。小说用一个虚构人物格里涅夫在老年时回顾往事的方式,展开了"历史"叙述。小说把虚构的主人公的爱情故事和普加乔夫起义的真实历史糅合在一起,消除了读者和历史之间的时空障碍。小说安排普加乔夫三次搭救主人公格里涅夫,塑造了普加乔夫可亲可敬的形象,一改历史书上对这个造反起义的"土匪头子"的描绘,体现了作家历史观中的民主主义成分。当然,在普希金笔下,镇压普加乔夫起义的叶卡捷琳娜二世女皇也是仁心慈面、宽厚大度的。普希金有一个基本的人性观,认为作为个体的人来说,人人都是善良的;但是,在历史的旋涡中,这些善良的人,却进行着流血的厮杀。

如果按照这样的创作规模继续前行,普希金的文学成就是不可估量的。不幸的是,1837年初,普希金的生命在一场决斗中结束了。长期以来,普希金被彼得堡流传的有关他妻子的种种流言蜚语困扰,甚至收到匿名侮辱信。1837年1月27日,普希金应对挑衅,同一直追求他妻子的法国人丹特士决斗,不幸受重伤,1月29日去世。

英年早逝的普希金所留下的文化遗产,在俄罗斯文学史,甚至在世界文学史上留下了一个非常重要的地位。别林斯基说:"在普希金的诗歌里有天空,但是大地始终得到天上的渗透。因此,普希金的诗歌并不像那种能够引起幻想的诗的谎言——这种谎言使人在一开始同现实世界冲突的时候,就对现实世界形成敌对的关系,并且迫使人在对现实的毁灭性的斗争中无止无休地和毫无结果地把自己的力量消耗光。普希金的诗对青年人是并不危险的。"[①]"俄

[①] 冯春编选《普希金评论集》,上海译文出版社1993年版,第71页。

国的诗人中没有一个人像普希金这样成为青年人的教育者,成为青年人感情的培养者。他的诗歌同一切胡思乱想的、梦幻的、虚妄的、空灵而观念的东西是大相径庭的,他的诗歌从头到尾都渗透着现实精神"。① 陀思妥耶夫斯基这样评价普希金:"普希金是一个伟大的非凡的现象,普希金不仅是一个俄国人,而且还是第一个俄国人。""一个俄国人不懂得普希金,他就没有权利成为俄国人。"②

普希金的抒情诗是整个普希金遗产中最重要的部分。面对如此数量众多、分布庞杂的抒情诗,可以有几种不同的阅读方法。可以按创作时间的先后线索阅读,也可以从宏观上按主题把握普希金诗歌。

三、普希金诗歌的主题

普希金抒情诗的第一个主题是抨击专制制度和讴歌自由。作为俄国"十二月党人"诗人的朋友,普希金是俄罗斯19世纪文学中民主主义倾向的先行者。在刚刚进入青春期的时候,普希金就写出了大量讴歌自由、鼓吹革命、号召推翻专制农奴制的诗作,如《自由颂》(1817)、《致恰阿达耶夫》(1818)、《乡村》(1819)等。这些诗歌大胆号召推翻专制农奴制,词语明朗,感情激昂,因此流传甚广。沙皇亚历山大一世为此扬言,要把诗人流放到西伯利亚。由于茹科夫斯基、卡拉姆辛说情,普希金才免遭流放。但是,1820

---

① 冯春编选《普希金评论集》,上海译文出版社1993年版,第71页。
② 同上书,第426页。

年，诗人还是被派往南俄，等于变相流放。在南俄期间，普希金有更多机会接触贵族革命者，与"南社"成员交往密切，为此写下直接鼓动革命的短诗《短剑》(1821)，抒发孤独郁闷之情的《囚徒》(1821)，立志为自由奋斗的《我是荒野上自由的播种人》(1823)。这些诗篇在"南社"成员中广为流传。南俄归来写成的《致大海》(1824)，以及十二月党人起义失败之后，写给流放的革命者的《在西伯利亚矿坑的深处》(1827)体现了普希金反抗专制、讴歌自由的主题。

普希金抒情诗的第二个主题是咏唱祖国。普希金在中学时代写下的那首《皇村回忆》是诗人爱国主义抒情诗的代表作。俄罗斯伟大作家果戈理说："一提起普希金，立刻就使人想到他是一位俄罗斯民族诗人。事实上，我们的诗人当中没有人地位比他高，也不可能比他更有资格被称为民族诗人。这个权利无论如何是属于他的。在他身上，就像在一部辞典里一样，包含着我国语言中的一切财富、力量和灵活性。他比任何人都更多更远地扩大了我国语言的疆界，更多地显示了它的全部疆域。普希金是一个特殊的现象，也许是俄国精神的唯一现象：他是一个高度发展的俄国人，说不定这样的俄国人要在200年以后才能出现。在他身上，俄国大自然、俄国灵魂、俄国语言、俄国性格反映得如此明晰，如此纯美，就像景物反映在凸镜的镜面上一样。"①

普希金抒情诗的第三个主题是歌唱爱情。这一主题的诗作在普希金的创作中占大比例，它的强烈，它的大胆，它的瞬间的心灵电火，展现了诗人敏感丰富的心灵。在这些诗中，爱情悲喜洋溢，

---

① 冯春编选《普希金评论集》，第6页。

各种情感形态的追探、别致新颖的构思、卓尔不群的语言表达,是普希金爱情诗的亮点。

普希金抒情诗的第四个主题是咏怀友情。普希金与友人的赠答诗写得又快又好,对具体时空细节的点染,显示了普希金诗人心中友情的真挚和语言表达技艺的独特,老友之情的深邃,新朋之间的奇妙,哪怕是在偶遇者纪念册上随便写两笔,诗人也常常勃然心动,写下美好的祝愿。

关于普希金诗歌的爱情、友情主题,俄国伟大批评家别林斯基也曾经这样说过:"爱情和友谊几乎总是最能驾驭诗人的一种感情,这种感情也就是他整整一生幸福与痛苦的直接的来源。他什么都不否定,什么都不诅咒,对什么事情都是带着爱和幸福的心情来观察。他的最大的忧虑,不管它是多么深,总是显出一种非凡的光明和透明:它能平复心灵的痛苦,医好内心的创伤。普希金的诗歌总的色彩——尤其是他的抒情诗——就是人的内在的美以及使灵魂感到欢欣的人道精神……在普希金笔下,一切感情因为都是高雅的感情,从而就更加美……在他的每一首诗的基础里所包含的每一种感情,本身都是高雅的、和谐的与技能高超的:这不是一般人的感情,而是作为艺术家的人的感情。在普希金的任何感情中,总有一种特别高贵的、亲切的、温柔的、芬芳的与和谐的东西。"①

普希金抒情诗的第五个主题是讽刺。当然,普希金也是一个讽刺诗人,他对世间的丑陋,对市井小人,对官场的腐败,对利欲熏心,也是从不吝笔墨的。这是普希金诗歌的第五大主题。这些讽刺诗读来痛快,从中可以看到一个机智的、尖锐的诗人。俄罗斯

---

① 冯春编选《普希金评论集》,第70—71页。

大作家陀思妥耶夫斯基说:"在我们俄国,恰恰在那个时候,暴露出太多新的、无法解决的、令人苦恼的问题和太多原有的那种绝望……但普希金作为一个起着指导作用的天才,他的伟大正在于:他虽然处于一大群几乎完全不理解他的人的包围之中,却那么迅速地找到了那条坚定的道路,找到了一条伟大的、我们俄国人渴望已久的出路,并且指出了它。这条出路就是人民性,即顺着俄罗斯人民的真理。"①陀思妥耶夫斯基讲出了普希金讽刺诗的总体思想基础是"人民的真理"。普希金是站在"人民的真理"的立场上来讽刺那些权贵的。

普希金抒情诗的第六个主题是歌咏大自然。歌唱俄罗斯的大自然,又是普希金诗歌一大主题。无论春夏秋冬,无论山河湖泊,无论晴雨风雪,无论草叶涌泉,在普希金的诗歌里都有描绘。普希金歌咏大自然这一主题,具体、细腻,同时又特别敏感,这三点是普希金的特质。匈牙利的文学理论家卢卡奇说道:"普希金巨大创作力的一个极其重要的因素,正是在于对各种经历过的生活素材的独特之处具有细腻的敏感性,不言而喻,这种生活素材中也包含着社会的、历史的和发展的特点;因此,这种敏感性也要求每种独特的生活素材必须接受其独特的艺术形式。"②理论家发现,普希金诗歌中,敏感是一个重要的特质,而细腻的敏感,更是普希金诗歌特质中的特质。在描写大自然的时候,普希金这方面的特质非常突出,并且,诗人为自己找到了表达这种特质的独特的艺术形式。

普希金短暂的一生写下了大量诗歌、小说、剧本、文学评论和

---

① 冯春编选《普希金评论集》,第426页。
② 同上书,第807页。

政论，晚年又创办了报刊《文学报》《现代人》，影响至今。

四、诗体小说《叶甫盖尼·奥涅金》

《叶甫盖尼·奥涅金》是普希金的代表作，是俄国文学史上里程碑式的作品。普希金一再强调自己的这部长诗是"诗体长篇小说"，说明作家自身很看重这部作品的艺术表现形式，这是普希金在西欧文学拉丁诸语之外，为俄罗斯语言创造的一种格律，也是为俄罗斯文学创造的一种新的抒情和叙事的典范。

《叶甫盖尼·奥涅金》原计划写九章，1825年发表第一章，1833年全诗完整发表时共八章。诗人抽掉了原定为第八章的"奥涅金旅行"的片段，因为他担心其中的某些诗句会惹怒当权者。后来，普希金续写长诗，未能写成，留下了一些断章。后人将"奥涅金旅行"和这些断章编成了长诗的第九章和第十章。在写作此诗时，普希金给自己定下了一个不可逾越的规则，设定全部长篇小说都用十四行诗的格律来完成，这是让自己舞动的肢体套上一道道枷锁。他这样做的目的是为了效仿和超越但丁、弥尔顿、拜伦等叙事长诗的大诗人，同时效仿和超越彼特拉克、莎士比亚等写出大型十四行组诗的诗人，让俄罗斯的诗歌攀登诗的高峰。这个预设的目标使诗人起笔不凡，从最初创作到完成全诗，始终有一种"隆重"的气氛。

既然要创作"小说"，塑造主人公就是首要任务，普希金给自己确定了刻画"19世纪青年人的特征"的大目标。在长诗中，这种"一代人的特征"体现在主人公叶甫盖尼·奥涅金身上。奥涅金是贵族公子,在京城已经过腻了贵族的生活,又无力自拔,恰好乡下叔父病危,让他赶去继承遗产。奥涅金的生活发生了变化。乡村使他身心健康,使他焕发出青春的活力。他想在自己的领地上实现社会改革的理想,做出一番有实效的事业。他与乡下朴素的俄罗斯人建立了新的友谊。普希金借奥涅金的生活转换,表现了自身所居的都市"人群",又表现了乡下的"人群"。这两群人是当时整个俄国的缩影。不久,奥涅金在新的人群中也厌倦了,社会改革又不能坚持,想写小说也写不成,周围的新朋友开始显出人性的故态:愚蠢、贪婪、做作、虚伪、嫉妒、轻浮,奥涅金对自己、对世界再度失望,随便接受了朋友的未婚妻奥尔加的轻浮邀请,激怒了好朋友连斯基,然后又随便接受了连斯基决斗的挑战,在决斗中打死了自己的朋友。事后,他不得不离开乡村领地,到处游荡。在这段生活中,奥涅金本来有机会找到自己心底追求的理想爱情。他的邻居、姑娘达吉雅娜喜欢上与众不同的奥涅金,决定把自己的初恋献给他。达吉雅娜与奥尔加本是姊妹,但是两个人性格截然不同。达吉雅娜是诗人塑造的具有俄罗斯最纯朴、最真诚品格的理想的化身,是俄罗斯传统美德的标志。但是,被生活磨钝了的奥涅金看不到这些,反而把达吉雅娜的一片深情看成普通女子的情感波动。他以上流社会情场老手的眼光,以嘲笑的态度对待达吉雅娜的痴情。幸好他还保持着良知,他深知乡下姑娘达吉雅娜的感情是纯真的,是无比珍贵的,也是这一层情感阻挡了奥涅金对达吉雅娜做出不负责任的轻浮之举。他以调侃的语气,半开玩笑半教训地拒绝了达吉雅娜的爱情,然后恶作剧般接受了朋友的未婚妻奥尔加的挑逗,酿成悲剧。于是,杀掉了朋友的奥涅金无法在乡村继续生活,远走高飞,几年之后,奥涅金回归莫斯科社交圈,发现全城的社交红人竟是当年的乡村姑娘达吉雅娜。不过现在已经是将军夫人了。奥涅金内心燃起复杂的情感的火焰,那是一种从来没有过的真诚,也是一种刻骨铭心的悔恨,还是一种虚荣的嫉妒。炽热的爱情,以及贵族圈子的风俗环境,使奥涅金不顾一切地向达吉雅娜求爱。达吉雅娜在自己的豪宅里接见了奥涅金,表白了自己依然存有对奥涅金的爱,但是,她要做丈夫的忠实妻子,请奥涅金离开。奥涅金再一次浪迹天涯。

奥涅金的形象具有深刻的典型意义。他们本来是优秀的贵族青年,对贵族社会不满,但是他们没有足够强大的人格力量从这个环境中挣脱出来,他们找不到人生的目标,找不到奋斗的目标,他们没有踏踏实实从事实践性事业的精神和能力,因此,他们感到自己之于社会性的生活是多余的,对于私性的生活也是多余的,他们只好在无聊的事情上,如在舞会、情场争夺、决斗、酗酒、胡闹等场景中耗费宝贵的青春和生命。这个特点被概括成"多余人性格"。"多余人性格"是19世纪初俄国贵族青年的典型性格特点。奥涅金是俄国文学史上的第一个"多余人"。这个人物身上还具备着那个时代优秀贵族青年的某些特点。他读过法国启蒙主义作家的书,看不惯贵族社会的虚伪,厌倦了那里的纸醉金迷的腐朽生活。他还试图用写作来改变自己的无聊生活,着手在自己的庄园实行自由主义的改革。当然,他的所作所为的高尚目标都被现实生活的各种庸俗活动消磨殆尽。他的贵族生活养成的懒散习性又决定了他不可能有所作为,更不可能使他摆脱困境,于是"忧郁症"就成了他不可避免的归宿。他们从上流社会中游离出来,然而又远离人民,在生活中找不到自己的位置。普希金在长诗中,通过爱情和友情,通过城市和乡村两大社会舞台,深刻地揭示了奥涅金的内心世界，既写出了他的冷漠、自私、玩世不恭，又写出了他的彷徨苦闷，无意作恶，却杀了朋友，伤害了纯洁少女的心，在毫无意义的生活中浮沉，内心极度孤独和绝望。最后，奥涅金任凭自己的感情驱使，像飞蛾扑火一样去追求被他拒绝过的达吉雅娜，普希金的同时代人曾记录下诗人的原构思，普希金曾设想奥涅金后来死在高加索，或者加入"十二月党人"的行列。由此引起人们关于奥涅金未来结局的争论，评论家发表过各种不同的意见，但是有些看法是一致的。比如，大家认为奥涅金一类的"多余人"在19世纪20年代尚有一定的进步意义；这类人的性格有可能变化，可能会是未来的"十二月党人"。这一讨论本身提出了两个重要问题：贵族青年的出路何在？更深一层地说，统治阶级内部已经出现了对这个制度持怀疑态度的年轻人，这一现象足以说明制度本身的危机。从这个角度来理解普希金的诗体长篇小说，可以更深地看到它的历史意义。

奥涅金形象的成功塑造，是普希金对俄罗斯文学的一个重要贡献。他提供了第一个"多余人"形象，后来，莱蒙托夫、屠格涅夫、冈察洛夫等几代作家都步其后尘，描写了体现各个时代不同特点的"多余人"形象，形成俄国文学史上一个别具特色的人物形象系列。"多余人"的概念在1850年屠格涅夫出版《多余人日记》之后，广为流行。

从世界文学视角观察，奥涅金的形象与莎士比亚的哈姆雷特，拜伦笔下的"拜伦式英雄"，后来的现代派文学中的"局外人"，都有一种渊源，具有极大的可比性。

《叶甫盖尼·奥涅金》的卓越创新体现在长诗诗节的创造上。这部作品的情节看起来似乎是欧洲文学的俗套，无非是男女主人公爱情的悲欢离合。但是，普希金在主人公身上，投放了19世纪最初那一代人的存在状态，情节框架之中是俄罗斯一代年青人的生活现实，所以《叶甫盖尼·奥涅金》的"情节"远远不是一个可以从具体描述中抽离出来的概括性的情节框架。这部诗体长篇小说情节的构成是多元的，非戏剧性的，这正是"诗体"对戏剧性长篇小说的更新。整部作品的所有诗节，固然有一个整体的情节逻辑线，但是，每一个十四行诗节又具有独立性，普希金创造的十四行诗的格律，被称为"奥涅金诗节"，它以"a-b-a-b-c-c-d-d-e-f-f-e-g-g"为格律，以"4行—4行—4行—2行"为表意组合结构，因此，每一个诗节自身都是一个完整的单元，诗节和诗节之间不是单线的情节逻辑线，而是一个个自身完形的组合板块，所以，这些诗节的格律表面上具有僵硬的束缚力，是一个个非自然的、非自由的"普罗克卢斯特斯的铁床"，但是，恰恰是这样的硬性规范所带来的每一个诗节的独立性让诗人获得了诗节组合的自由。诗节与诗节之间的线形情节逻辑就不必像一般叙事作品或一般的戏剧作品那样，要求段落和段落之间必须服从情节逻辑，这样的"奥涅金诗节"可以相对自由的组接。而传统的叙事类文学情节规律，即叙事类作品的情节发展必须合乎必然律的准则，这一准则早在古希腊亚里士多德的《诗学》中就已经被推崇了。普希金的"奥涅金诗节"突破了这个准则，打破了线形情节逻辑的束缚力，普希金获得了极大的表达自由。当然，整部《叶甫盖尼·奥涅金》也有摆脱十四行诗格律束缚的诗节，比如著名的"达吉雅娜的信"就是倾诉内心感情的长篇"歌行体"独白，采摘果实的姑娘们的歌就是流畅的民歌。

作为一部诗体小说，《叶甫盖尼·奥涅金》自然也发挥了小说的长处，作品描绘了广阔的生活画面，从彼得堡到外省，从贵族沙龙到乡村地主之家，从四季的自然景色到各阶层的日常生活，有关哲学、文学、俄语、古代文化、科学等领域的争论、各种风俗细节、民间童话，马车夫、渔夫、农奴姑娘被迫采摘果子时的歌声等，这一切编织起来，构成了一幅社会全景图。所以，别林斯基把这部作品称为"俄国生活的百科全书"。然而，作为一部"诗体"的作品，它又不仅仅是叙述情节，描绘生活，塑造人物，还具有诗的特点，那就是抒情性。这一特点自然是受拜伦的长诗《唐璜》的影响。诗人在情节之间不断加入"抒情插笔"。这时，诗人摆脱情节，独自站出来，以"抒情主人公"的姿态自由地表达诗人自己的种种感怀。"抒情插笔"在全诗占有很大比例，使全诗的内容格外丰富。有些抒情插笔完全可以独立成篇，但是，它们与长诗的叙事是一种有机的联系，这是一种特殊的抒情和情节的组合，构成了这部诗体小说的独特风格。它是主人公奥涅金于其间活动的情感舞台，与全诗的情节和人物浑然一体，形成有机的整体。这种把诗与小说结合在一起的新的文体是诗人的独创。因此，《叶甫盖尼·奥涅金》无论在内容上，还是形式上，都是俄国文学史上的一座空前的丰碑。

第三讲 孤独诗人莱蒙托夫

一、普希金之死召唤出的诗人

1837年1月29日普希金去世,沙皇害怕引起社会骚动,不允许为诗人举行公开葬礼。但是,在普希金安葬不久,社会上出现一首题为《诗人之死》的诗篇,人们争相传阅,诗歌的作者一夜成名。这个诗人就是被看成普希金继承人的莱蒙托夫。

米哈伊尔·尤里耶维奇·莱蒙托夫(1814—1841),生于莫斯科贵族军官之家。但是,3岁时母亲去世,由外祖母抚养长大。儿时的家庭悲剧在诗人幼小的心灵中留下了阴影,形成他的孤僻性格。1828年,莱蒙托夫进入莫斯科大学附属贵族寄宿学校读书,次年,进入莫斯科大学学习。在这里,他接受了更多的自由思想。1832年,莱蒙托夫因参与大学生驱赶保守教授事件被校方"勒令退学",他不得不进入彼得堡近卫军骑兵士官学校。在这所学校的专制粗暴的环境中,莱蒙托夫没有放弃文学创作,写下著名的抒情诗《帆》(1832)、《不,我不是拜伦,是另一个人》(1832)等诗歌,并开始写作长诗《恶魔》。军校毕业之后,莱蒙托夫成为近卫军骠骑兵少尉。1837年,莱蒙托夫在诗歌创作上已经有了十多年的积累,所以《诗人之死》的一鸣惊人并不是偶然。这首诗中所表现出来的惊人的大胆、思想的敏锐和成熟的表现手段,说明莱蒙托夫已经具备了一个优秀诗人最重要的素质,公众完全有理由把这个22

岁的年轻军官看成普希金之后俄国诗坛的希望。《诗人之死》的初稿没有最后的十六行，但是，在普希金安葬后不久，诗人听到社会上对普希金的诬蔑，便又加上了"你们，以下流卑贱著称的／先人们生下的傲慢无耻的儿孙……"等十六行诗。当诗篇的修改稿在公众传开，并也传到沙皇手里的时候，诗人的命运从此改变。2月，莱蒙托夫被捕，然后被降级调往高加索部队。早年，他曾随外祖母到高加索疗养。那里的山地景色给他留下深刻印象。此次重游，孤独的旅行使诗人生出万千感慨。

莱蒙托夫在这里创作了民间歌谣体长诗《沙皇伊凡·瓦西里耶维奇、年轻的近卫士和勇敢的商人卡拉希尼科夫之歌》（1837），咏唱了普通商人卡拉希尼科夫不畏强暴，冒死维护妻子名誉的故事。

1838年，经由外祖母的努力，莱蒙托夫返回彼得堡。1840年初，莱蒙托夫出版了长篇小说《当代英雄》，年底出版了第一本诗集。别林斯基连续发文，赞扬莱蒙托夫。俄罗斯文坛的一颗新星正在升起，但是，好景不长，莱蒙托夫因为与法国公使的儿子巴朗特决斗被捕、监禁、审判，尼古拉一世亲笔批示："将中尉莱蒙托夫以原官位调至坚金步兵团任职"。莱蒙托夫又一次被流放到高加索。1841年1月莱蒙托夫被允许在彼得堡休假，基本完成了他多年创作的长诗《恶魔》，4月，被勒令离开彼得堡重返高加索坚金兵团。莱蒙托夫返回高加索之后，7月，在一次决斗中丧生，死时只有27岁。

莱蒙托夫短短的一生中写有四百多首抒情诗，大多是佳作名章。莱蒙托夫一生向往自由，自由是时代赋予他的最高原则。但是，生活中的种种不自由，使他始终有一种被囚禁的感觉，始终处在挣脱囚禁的叛逆状态。作为一个时代的囚徒，他对一切都冷眼相待，所以在他的诗歌中有一种冷僻的寒气，使他的诗歌风格显得特别冷峻，即使是爱情诗也是如此。也许是少年的叛逆精神还不曾被岁月冲淡，也许是生命的丰富可能性还没有来得及展开，当然也许是天生的性格，莱蒙托夫诗歌创作的情绪非常单一，冒险英雄追求自由和最终自由并不可得之间的冲突贯穿在莱蒙托夫所有的作品中，这种抒情品质，让莱蒙托夫的作品呈现出孤傲英雄的色彩。

二、从"勇敢的商人"到出走的"童僧"，再到恋爱的"恶魔"

1837年创作的长诗《沙皇伊凡·瓦西里耶维奇、年轻的近卫士和勇敢的商人卡拉希尼科夫之歌》被莱蒙托夫收录在1840年第一本诗集中，并且放在开篇第一首的位置。

诗题中的沙皇伊凡·瓦西里耶维奇就是历史上著名的暴君伊凡雷帝，所谓"近卫士"是伊凡雷帝设立的一支具有通天特权的卫队士兵，是一种"特辖军"。而商人这样的普通人身份也是莱蒙托夫特别强调的。"近卫士"和"商人"代表的是完全不对等的"阵势"。近卫士调戏平民女子几乎是常态，一般来说，一个普通商人遇此侮辱只能忍气吞声，但是长诗中商人卡拉希尼科夫却决定奋起反抗，决定在沙皇的比武场上，向沙皇身边的特辖军近卫士挑战。在俄罗斯特有的"拳斗"场上，伊凡雷帝亲自下令，比武的规则是生死不论，胜者给奖励，败者见上帝。伊凡雷帝手下的军士天天习武练兵,打架斗殴,同时,这些人还有沙皇的护身符,所以,在伊凡雷帝的"拳斗"场上,只要近卫士出场,不必动手,胜负已经判定。但是,莱蒙托夫的长诗却是另外的风景。耀武扬威的近卫士重拳打来,正好打在商人卡拉希尼科夫胸前的十字架上,商人卡拉希尼科夫只是轻伤,接下来是商人卡拉希尼科夫的反击,只一拳便打死了近卫士。结果,沙皇伊凡雷帝出尔反尔,动用皇帝的权力,判处比武得胜的商人卡拉希尼科夫死刑。莱蒙托夫这首长诗所表达的思想内容十分鲜明:首先是暴露专制暴政下特权阶层的下流无耻,毫无忌惮,恶贯满盈。其次是揭露沙皇伊凡·瓦西里耶维奇的专制暴政是恶行的基础、根源和保护伞。卡拉希尼科夫的诗行可以看作对这些恶行的控诉,莱蒙托夫借此痛快淋漓地批判了沙皇制度下的暴政。再次,莱蒙托夫通过商人卡拉希尼科夫的形象表达了普通民众的尊严、自卫和反抗,并且通过商人卡拉希尼科夫轻松取得胜利的情节表现了专制机器不堪一击。长诗也表达了莱蒙托夫对皇权法律和上帝法律的判定:商人卡拉希尼科夫面对沙皇的死刑判决,根本不认杀人之罪,而是默念上帝的法律,视死如归,认定在天庭之上另有一番审判。莱蒙托夫这样描写商人卡拉希尼科夫的基督教信仰也同样具有批判性。在俄罗斯的信仰体系中,君权神授是其中一个重要内容,莱蒙托夫却在长诗中将君权和上帝的法律相剥离,明显是在否定俄罗斯官方教会的基本神学。

莱蒙托夫另一首长诗《童僧》完成于1839年,也被收入1840年的诗集中。这是莱蒙托夫的读者特别喜爱的一首浪漫主义诗歌。长诗写的故事很有传奇色彩,同样是大胆叛逆和追求自由的主题。在一个深山修道院,老神父从俄罗斯将军手里收留了一个被俘获的病重的格鲁吉亚少年。少年在寺院里调养,恢复了健康,便留在寺庙里生活。神父为他洗礼，少年立下了皈依的誓言。但是，在一个秋天的夜晚，少年逃离了修道院，三天之后，在山外草原上找到他时，他已经昏迷。人们把他抬回修道院，等他醒来以后，意识到死亡已经临近，对老修士讲述了逃离修道院以后三天的遭遇。他在大雷雨中逃离寺院，广阔大地上的闪电没有使他害怕，他反而像拥抱兄弟一样，拥抱暴风雨，然后，他看到了美丽的大自然，他记起了自己的故乡，他看见了格鲁吉亚美丽的少女，他在森林中迷路，他和金钱豹搏斗，他战胜了金钱豹，但身受重伤，他走出了山林，他仿佛听到了家乡的钟声，但是他却在美丽的迷幻中晕倒了。

全诗26节748行，从第三节开始，一共24节，全是童僧口述三天里的遭遇。在莱蒙托夫的笔下，第一人称的少年对故国的记忆似乎已经非常模糊了，他逃出寺院，希望像一匹归槽的马一样回到故乡。他讲述的遭遇，是真实的遭遇，还是想象的故事，是事实，还是梦幻，难以分辨。但是，无论少年在外面遇到了什么，他都不后悔。他对老修士说，如果没有这"幸福的三天"，他的生命会比老修士虚弱老迈的生命更加暗淡。一个向往故国的少年，一个向往自由的童僧，把遭遇荒山野兽，把以死亡为代价的三天说成"幸福的三天"，强烈对比之中，追求自由的主题令人非常震撼。最后，少年请求在他弥留之际，将他抬到寺庙的庭院，这样，在死亡降临之际，他会把清风传过来的声音，当作同族兄弟唱起的祖国的歌声。

《童僧》的主题十分简单：宁死追求自由，至死怀念故国。诗句表达出来的情感是纯然的浪漫主义激情，是莱蒙托夫本人浪漫主义精神的喷发式表现。

长诗《恶魔》，创作于1829—1841年，这首诗的创作过程贯穿诗人的一生，断断续续，八易其稿，精心打磨。长诗在莱蒙托夫生前没有发表过，诗人死后，全诗也是首先在境外（卡尔斯鲁厄，1856）发表。主要原因是因为长诗的内容无法被通过。另外，莱蒙托夫留下了不同版本的《恶魔》，这种"未定稿"的性质也耽误了出版。1860年，《恶魔》被收入莱蒙托夫文集，最终在俄罗斯出版。一般的评述都认为，此诗取材于《圣经》，的确如此，诗歌中的上帝、恶魔、天使、天国、地狱等名称都出自《圣经》，但是，这些名词早已成为通用词汇。就长诗的内容看，所用"题材"，难说来自《圣经》。《恶魔》的副标题是"东方故事"，莱蒙托夫以此强调他的诗歌题材是东方故事，从长诗内容上看，这个"东方"是高加索南部通向格鲁吉亚的那一带的"东方"。如果从长诗中所描写的恶魔和天使争夺格鲁吉亚女孩的灵魂的情节来看，莱蒙托夫的《恶魔》更像是弥尔顿的《失乐园》、歌德的《浮士德》的延续。长诗写恶魔和格鲁吉亚女孩的奇异爱情故事。诗歌以"忧郁的恶魔，被逐的灵魂"在尘世上空飞翔开始，然后又以高加索南部山村的订婚宴展开另一线索。诗人在描述待嫁姑娘塔玛拉的时候说，她的美丽，哪怕是被恶魔看到了，也会为其心动。这本来是一句日常社会语言中常用的一个假定句，但是，莱蒙托夫却把这个假定句和天上飞翔的恶魔联系起来。"的确，恶魔看见了……"如此，天上的行动和地上的行动对接起来。恶魔开始参与地上的婚事了。恶魔先是袭击了赶来娶亲的新郎，当一匹健马跑到婚宴的时候，马背上的新郎已经是一个死人。待嫁姑娘塔玛拉和她的家人自然悲痛万分。但是，晚上，恶魔来到塔玛拉的闺房，在姑娘的心里种上了新的爱情。塔玛拉感情上发生了奇怪的变化，她拒绝另选新人，而是被一个声音召唤，要去出家。在修道院的禅房，在圣像前，塔玛拉心事惶惶，她朦胧地等待着什么，那是恶魔在她心里种下的爱情。夜幕罩起格鲁吉亚的山峦,恶魔来了。接下来塔玛拉和恶魔的对话,堪称爱情宝典,于塔玛拉,是惊恐、质疑、拒绝、接受;于恶魔,是炽热、真诚、洗心革面以及花言巧语。恶魔终于被默许亲吻了,但是,莱蒙托夫式的急转直下的爱情悲剧再次出现,恶魔一吻是致死的毒药,姑娘死了。接下来是家人为姑娘举行葬礼。而与地上葬礼平行的是天上的争夺。天使胜利,将塔玛拉的灵魂带到天国,恶魔失败,继续孤独地游荡。《恶魔》的最后场面,是诗人莱蒙托夫在"现在时"的时空里对恶魔故事发生地的描绘。在"现在时"的残破古堡,昔日教堂的景象中,遥对"过去时"的悲剧。《恶魔》是俄罗斯文学中,也是世界文学中的奇绝之作。

三、天才之作《当代英雄》

1840年,莱蒙托夫发表长篇小说《当代英雄》的时候,是26岁,一年之后,即1841年3月《当代英雄》出版第二版。四个月以后,作者就离开了人世,但是,"英雄"永垂不朽。这本小说的书名,直译是"我们时代的英雄",在文学领域,"英雄"一词又常常指一部叙事作品或一部戏剧作品的主人公。"英雄"一词的这种双关性是从古希腊文学传下来的,而莱蒙托夫可能直接从拜伦的《唐璜》得到启发①。在现在,俄罗斯依然用莱蒙托夫这部小说的书名作双关语,映射现实中的"我们时代的英雄"。这部小说又是一部奇绝的

---

① 见拜伦《唐璜》第一章第五节"英雄人物何止一个阿伽门农……当代我实在找不到谁,适用于我的诗……我就选中了唐璜。"《唐璜》,人民文学出版社1980年版,第13页。

文学精品。它既带有年轻作者的灵魂的敏感和生命的鲜活,又有成熟作家的语言的成熟和手法的老练,而且在结构上还带有一种匆忙结集的偶然性。《当代英雄》类似普希金的《别尔金小说集》,也是由五个独立成章的短篇故事组成,即《贝拉》《马克西姆·马克西梅奇》《塔曼》《梅丽公爵小姐》《宿命论者》,另有两篇序言。其中有三篇在集结之前独立发表,可见这部小说的组合性、偶然性。《贝拉》于1839年发表在《祖国记事》杂志第2卷第3号,《宿命论者》于1839年发表在《祖国记事》杂志第6卷第11号,《塔曼》于1840年发表在《祖国记事》杂志第8卷第2号。①

但是,作者称《当代英雄》为"长篇小说",又说明它和《别尔金小说集》有极大的差异,《别尔金小说集》五篇小说各自独立,《当代英雄》五个短章之间具有内在统一性。五篇故事有统一的主人公,即"我们这个时代的英雄"毕巧林,另外还有一个"当代英雄"的见证人、手稿保存人、非文学语体的故事讲述者——高加索老兵马克西姆·马克西梅奇及文学叙述人——在高加索活动的"我"。

小说第一版,开首就是《贝拉》,很有一种开门见山的突兀感,但是,小说所用的第一人称的"我""路遇讲故事人"的情节,又让叙事的展开变得曲折婉转,但是并不拖沓,因为《当代英雄》的叙事目标还有一个特别的对象,那就是高加索群山。高加索形象是整个俄罗斯文学的系列"主人公",诸多俄罗斯作家写过高加索,《当代英雄》是最美的一篇。《贝拉》以"我"听故事的方式展开叙述,背景是高加索,讲故事人是老军人马克西姆·马克西梅奇。老

---

① М. Лермонтов Сочинения: В 6 т. М.; Л.: Изд-во АН СССР, 1954—1957. 649—650 стр.

军人对"我"讲述战友毕巧林和契尔卡斯姑娘贝拉之间让人无法理解的爱情经历。毕巧林骗来了贝拉，费尽周折，赢得了姑娘的爱情，但是，不出四个月，毕巧林又冷落了贝拉，导致贝拉惨死。马克西梅奇替毕巧林处理这些麻烦，毕巧林本人却冷酷无情，无动于衷。老军人对这位战友极为愤怒，但是又对毕巧林孤傲的性格无限怜惜。

小说第二篇《马克西姆·马克西梅奇》是《当代英雄》结集出版时编入的，这个标题又是一个曲笔，本篇设计的直接目标是正面写"我"见到的毕巧林，向读者直接呈现主人公的形象。但是，"马克西姆·马克西梅奇"又成为莱蒙托夫性格的高反差的比例尺。莱蒙托夫安排的第二篇故事别具匠心，第二篇是塑造毕巧林形象的关键点，是整个小说的枢纽。在这一篇中，在善良、热情、淳朴、真挚的老兵马克西姆·马克西梅奇的对比下，读者正面看到一个冷酷绝情的军官，一个孤傲不群的漫游者，一个满腹惆怅又无处排解的"世纪病人"，一个情感丰富却又故作冷酷的"精神贵族"。这些"印象"来自于莱蒙托夫的特殊笔调。按照感伤主义、启蒙主义或古典主义的处理，毕巧林应是一个坏蛋形象或者是恶魔形象，但是毕巧林的恶德不让读者厌恶，反而让读者同情，因为在作者的笔触中，读者总感到毕巧林的冷酷源于他内心的巨大痛苦，一种莫名的压抑埋在他的心里。这个高傲的年轻人早已看透了世间的一切，他像孤鹰一样，在世俗之上高高盘旋。在第二篇故事的结尾，读者得知，"此前"的分手以后，马克西姆·马克西梅奇一直珍藏着毕巧林的日记，而这次分手的时候，毕巧林在"我"面前，表现出玩世不恭，对世界，对自己，什么都无所谓的超然冷漠。马克西姆·马克西梅奇好心追问毕巧林这些日记的处理。但是毕巧林的回答却是"你想怎么办就怎么办啦"。毕巧林的冷淡激怒了马克西姆·马克西梅奇,当"我"对这些"纸片"表示感兴趣的时候,马克西姆·马克西梅奇一股脑把十本"毕巧林日记"都给了"我"。在这里,莱蒙托夫的叙事"技巧"是18世纪、19世纪作家经常使用的"手稿发现"法,斯威夫特的《格列佛游记》、歌德的《少年维特之烦恼》都使用过,现在看来,这样煞费周折展开叙事有点多余,但是,19世纪俄罗斯文学中竟有这样精彩的机关设计,至今依然具有高超的设计感,因为,读者十分关心毕巧林的那种病态性格的根源。莱蒙托夫在接下来的三篇故事里,让毕巧林"本人"揭示了病根。这三篇故事《塔曼》《梅丽公爵小姐》和《宿命论者》,是以毕巧林日记的方式写出的。作者让毕巧林"笔录"了自己的灵魂状态:"我回顾一生经历,不由得问自己:我为什么活着的?我生下来带有什么目的?……目的肯定是有的,而且赋予我的使命肯定是不小的,因为我觉得我心灵中有无限的力量;可是我猜不透这使命是什么,我迷恋于空虚无聊的情欲而不能自拔;我从情欲的熔炉中走出来,就变得像铁一样又硬又冷。"[①]这种病态的孤傲是作者的自白,既是自我批判又是自我欣赏。这正是让读者眩惑的地方。

毕巧林这个优秀而又空虚的"当代英雄",被俄罗斯文学史看成第二个"多余人"的形象。他像普希金笔下的奥涅金一样,高于一般贵族青年。他的敏感,他的观察能力、思考能力和分析能力,他充沛的精力都说明,他本是可以有所作为的。他也对现实不满,渴望从事高尚的事业,承担崇高的使命,但是,他不可能超越时代和阶级的局限。他冷酷、自私、玩世不恭,只能在害人害己的事情中发泄旺盛的精力,浪费自己的青春,结果又使自己陷入更深的苦

[①] 《莱蒙托夫全集》第5卷,河北教育出版社1996年版,第385页。

闷与消沉。

　　作者调动各种叙事技巧来展示毕巧林的性格,显露了莱蒙托夫的卓越的心理描写技巧。五篇小说的构成,不是按照情节发展的时间顺序来组织,而是采用旅行记、冒险小说、社会小说、日记体小说等不同的手法,其目的就是为了由表及里、由浅入深地展示主人公的心理。长篇小说《当代英雄》除了五篇故事之外,还有两篇序言也是这部叙事体文学作品不可忽略的有机组成部分。全书的序言是于1841年第二版的时候编入的,因为有了这篇序言,第一版的组织结构的"突兀"效果略有损失,但是,这个"后写的"序言放在全书的前面是作者的理性提醒:"先生们,'当代英雄'确实是肖像,但不是某一个人的肖像。这是整个我们这一代人的缺陷充分发展而构成的肖像。"[1]当然,书中"毕巧林日记的序言",既是让五篇故事连系在一起的精彩设计,又透露了这部小说的急就章的偶合性。有"毕巧林日记的序言"做出的解释,后面三个独立成章的故事就有了统一性。书中提到,毕巧林有十本日记,假以时日,莱蒙托夫或许还会扩充《当代英雄》。事实上,作家逝世后发表的《高加索人》就是同一系列的高加索故事。不过,结构上的"偶然性"让《当代英雄》获得一种天然成章的结晶效果,这样的结晶体使得作品天然成趣,引人入胜,具有更大的可读性。

　　莱蒙托夫的诗歌和小说的主要特征是浪漫主义,但是他的作品又有深刻的现实主义倾向。他是19世纪前期俄罗斯文学自由的、叛逆的浪漫主义的终结者。

---

[1] 《莱蒙托夫全集》第5卷,河北教育出版社1996年版,第245页。

第四讲　俄罗斯十九世纪中后期的社会思潮

一、激荡的 19 世纪 40 年代

19世纪前期俄国的主要政治事件是以十二月党人为代表的进步贵族反抗专制制度、农奴制度的斗争,十二月党人起义被镇压以后,经过一段暂时的沉寂,到三四十年代,俄国人民的反抗情绪再度高涨。30年代初,因霍乱治理不力,爆发大规模"霍乱暴动",1830年法国革命和1830、1831年华沙起义,在俄国青年当中引起巨大波动。进入40年代,俄国又普遍处在民主解放的思潮当中。果戈理所代表的自然派文学应运而生。与前期不同,40年代的民主运动出现了新的"当代英雄",那就是平民知识分子。

莫斯科大学就是民主运动的摇篮。大学生关心俄国的未来,成立了许多秘密小组,进行热烈的讨论。其中,斯坦凯维奇小组非常活跃,巴枯宁、鲍特金,都是其中的积极分子。赫尔岑、奥加廖夫小组也非常知名。别林斯基的"十一号房间文学社"也是其中之一。这些"小组""社团",虽然以探讨文学和哲学问题为目标,但是讨论总是跨越广泛的社会现实问题。积极投身社会改革是这些文学与哲学小组成员的统一精神。到了19世纪40年代,这些小组的许多成员成为俄国社会最活跃的思想家,在思想领域达到世界

前沿水平，如无政府主义思想家巴枯宁，民粹派思想家赫尔岑，革命民主派思想家别林斯基等。平民知识分子的文学活动，特别是他们的文学批评活动，刷新了俄国文学的面貌，推进了俄国文学的发展。1853—1856年克里米亚战争，俄国失利，1855年3月，沙皇尼古拉一世去世，亚历山大二世继位，迅速表露改革的意向，允许十二月党人离开流放地迁居到附近的城市，随后，又允许十二月党人回到首都、回到莫斯科等中心城市。俄国社会在探讨失利原因的争论中再度将矛头集中在专制、农奴制上。加上十二月党人起义失败后那些被流放的政治犯纷纷回到内地，到了19世纪60年代，反专制、农奴制的呼声更加高涨。1861年，沙皇不得不接受改革，正式宣布废除农奴制。但是，废除农奴制之后，与农奴制相生相长的专制制度还存在，社会问题没有从根本上被解决。这样，俄国进入更深层的社会改革运动中。

二、水火不容：保守派、自由派、民主派以及自由派中的斯拉夫派和西欧派

俄罗斯向何处去？这是俄罗斯思想家们历来激烈争论的中心问题。在19世纪40年代，围绕这场争论，三种思想潮流进行了激烈复杂的争论。

保守派以官方人民性为精神导向，以维护俄罗斯的专制、农奴制、贵族体制以及书版检查制度，即以维护现存的俄罗斯现实为目标。与其尖锐对立的是民主派。民主派以社会主义理论为基础，主张民权之上的民主管理制度。此外还有自由派。自由派和民主

派都主张从土地上解放农奴,禁止买卖农奴;主张公民权利平等,舆论和出版自由。

自由派以德国古典主义哲学为思想基础,主张通过资产阶级现代化,限制君主制,改变俄罗斯现实。自由派当中,20年代和40年代又分化出"斯拉夫派"和"西欧派";斯拉夫派在主张改革和废除农奴制的同时,又认为改革必须在保留宗法制的情况下进行,以求保持斯拉夫的根基。西欧派则主张全面向西欧靠拢,走西方社会改革的道路。接纳英国的工业革命,倡导法国、德国的启蒙主义。自由主义的斯拉夫派中有一大部分人的思想与保守派的思想接近,西欧派中的一部分人更接近主张革命的民主派。这种混杂性,给19世纪中期的俄罗斯文学造成相当大的复杂性,比如果戈理的创作,有十分鲜明的民主倾向,但是,他同保守派的主要思想基础——俄罗斯东正教又缠绕紧密。比如陀思妥耶夫斯基的早期思想,有相当强烈的民主倾向,因此而被逮捕,判死刑,改流放,然而陀思妥耶夫斯基的后期作品,又表现出明确的反对社会革命的思想。

这些思想斗争,体现在文化上,上接世纪初期的"古今文体"之争,下传八九十年代的民粹派、土壤派、普罗派(无产阶级革命派)等的思想运动,是整个19世纪思想论争的重要时期,异常活跃,异常激烈,既阵营明显,又复杂纷纭。它既是社会问题之争论,又涉及俄国社会文化各个方面,如宗教、哲学、教育、民族等文化问题,对俄国文学的发展影响极大。

学习西方和保持民族传统的问题,历来为俄国文化界所关心。普希金就认为,俄国文学必须找到自己的民族定位才能立足于世界。他一方面认为俄国文学必须接受欧洲先进文学的影响,另一方面极力提倡民族文学的自觉。他提出民族文学的口号，实际是接受了早年"古文体派"的某些论点。一旦俄国文学在学习西方的道路上蓬勃发展起来，建立民族文学的问题就格外凸显出来。19世纪40年代之后，文学家从各自立场，各自经验，各自认识出发，参与着保守派、自由派（斯拉夫派和西欧派）和民主派的争论。以后的俄国历史发展进程也一直延续着类似争论。他们一方面要在作品的内容上表达自己对此问题的意见，回答社会提出的改革问题，另一方面要在文学的形式上找到适于体现俄罗斯民族特性和民族传统的表达样式。

三、活跃的杂志时代

在整个改革时期，俄国文化出版界格外活跃。当时，沙皇政府的书报检查制度极为严厉，但是，经济上、政治上独立的杂志和出版社具有合法地位，进步的政治家、思想家、文学家利用这个合法权利，把自己的思想探索和文学创作传播到广大社会。那时，参与国家前途讨论、宣传民主改革、刊登优秀文学作品的杂志备受读者欢迎。杂志编辑和出版社为了替自己做宣传，尽力开展有效的文学评论和文学论争，这也推动了文学批评的发展。到19世纪三四十年代，俄罗斯两大都城涌现出四本著名杂志。《莫斯科通讯》杂志，由作家波列伏依创办，普希金、茹科夫斯基等人是其文学撰稿人，1834年因批评御用文人而被停刊。《望远镜》杂志，1831年由莫斯科大学教授纳杰日金创办，办刊人思想保守，曾与俄国浪漫派论战，但是，却邀请激进派别林斯基和赫尔岑为杂志撰稿。别林斯基在与浪漫派论战中,在对果戈理作品的批评中建立起丰富的俄国现实主义文学理论。1836年,杂志因发表恰达耶夫的《哲学书简》而被勒令停刊,办刊人纳杰日金被流放。《现代人》杂志,1836年由普希金创办。普希金逝世后由彼得堡大学教授、诗人普列特尼约夫接办,一度消沉,1847年,涅克拉索夫和帕纳耶夫取得该杂志的发行权,邀请别林斯基作为评论栏的主笔,杂志声名鹊起。别林斯基去世后,又先后邀请车尔尼雪夫斯基和杜勃罗留波夫主笔批评栏,《现代人》杂志是19世纪俄罗斯中期文学繁荣辉煌的最强推动力,屠格涅夫、陀思妥耶夫斯基、托尔斯泰等都是被《现代人》杂志团队发现的。《祖国纪事》杂志,1839年由克拉耶夫斯基创办,1839年,一直由别林斯基主持批评栏的工作,莱蒙托夫、赫尔岑、涅克拉索夫、屠格涅夫、陀思妥耶夫斯基等一大批最优秀的作家的早期作品都是在这两家杂志刊发的。《现代人》《祖国纪事》是民主派的喉舌,曾一度在文学领域取得了"可以掌控一切的统治权"。这些杂志开创了杂志文学的新时代。

以上几个方面,即社会运动、思想运动、民族文学的自觉意识,以及以杂志为阵地的文学批评是促成19世纪中期俄国文学辉煌成就的主要原因。

第五讲 俄罗斯十九世纪文学的果戈理时代

一、果戈理与"自然派"

1835年,刚刚成名不久的果戈理连续出版了两部中篇小说集,一部叫《密尔格拉得》,一部叫《阿拉伯花边》(又译《小品集》),其中作品的语言风格尽管还是那样幽默诙谐,但是俄罗斯灰暗的现实生活却是这两部作品的主要内容。著名批评家别林斯基发现了这个特点,专门写了一篇题为《论俄国中篇小说和果戈理君的中篇小说》的长篇评论,认为果戈理是"现实生活的诗人"[1],"现实诗歌的任务,就是从生活的散文中抽出生活的诗,用这生活的忠实描绘来震撼灵魂。果戈理君的诗在外表的朴素和琐屑中是多么有力和深刻啊!"[2] 他认为,果戈理的创作正在开创俄国文学的新时代。别林斯基的预见极其准确,不久,果戈理又创作了"赤裸裸"真实的剧本《钦差大臣》,最后,创作了长篇小说《死魂灵》。19世纪40年代,一批青年作家进入文坛,坚持果戈理的方向,创作了大量真实反映俄国现实的特写。如格里戈罗维奇的《彼得堡背手风琴的流浪乐师》,达里的《彼得堡看门人》,涅克拉索夫的《彼得堡

---

[1] 《别林斯基选集》第1卷,满涛译,上海译文出版社1999年版,第176页。
[2] 同上书,第185页。

的角落》等，这些作品都以城市底层人物为主人公，通过他们展示俄国社会的阴暗面。

1843年开始，涅克拉索夫编辑了一套"集刊"：《不带图的诗文》(1843)、《彼得堡生理学》(1845)、《4月1日，带讽刺图画的集刊》(1846)和《彼得堡文集》(1846)。这些都是"从钥匙孔看到彼得堡"的真实，按涅克拉索夫的设计，如果彼得堡是一个"生命体"，这些"集刊"就是彼得堡这个生命体的生理学。这套书在文学界形成了一种风气，也引来一些保守人士的强烈不满。保守者布尔加林说这类作品专门写"污秽"的主题，是缺乏艺术美的"自然派"。别林斯基完全站在涅克拉索夫一边，接过"自然派"一词，极力赞扬"自然派"敢于"写真实"，敢于揭发俄国社会阴暗面的人道主义精神，别林斯基把果戈理视为"自然派"的开创者，认为果戈理是崭新文学流派的领袖。从此"自然派"一词成为议论新文学的流行语。别林斯基赞扬的"自然派"实际上是俄国批判现实主义文学潮流，它的创始人是果戈理，而它的后来者是涅克拉索夫、屠格涅夫、陀思妥耶夫斯基、托尔斯泰以及契诃夫等一系列伟大作家。

二、风靡彼得堡的乌克兰的夜话

尼古拉·瓦西里耶维奇·果戈理(1809—1852)出生于乌克兰波尔塔瓦省密尔格拉得县的大索罗庆采镇乡村地主之家。父亲喜爱文学，曾经用乌克兰文写过喜剧。母亲是一个虔诚的教徒，乌克兰是保留斯拉夫文化较多的地区，当地的乡村生活和传统文化深深影响了果戈理一生。果戈理的文学创作道路与他生活的一连串地名有直接关联。1818年果戈理进入波尔塔瓦小学，1821年进入中学，1828年中学毕业后，怀揣建立一番伟业的志向，来到彼得堡。结果，都城彼得堡的冷酷让果戈理遭受重大打击。他在《祖国之子》杂志上发表处女作短诗《意大利》，根本没有署名，没有任何反响。1829年，他又以笔名"阿洛夫"自费出版长诗《汉斯·古谢加顿》。长诗主人公是一个德国青年，是茹科夫斯基那些译作的仿作，结果遭到严厉批评。果戈理十分羞愧，将未售出的长诗全部收回，付之一炬。1830年，连连失败的果戈理终于在机关找到一个小公务员的职位，工作是抄写文书。此段经历成了他日后创作的宝贵经验。1830年他结识了茹科夫斯基，转年又结识了普希金。与最优秀的文学家接触增加了果戈理的见识，当时整个欧洲出现了一股民间文学热，文人圈里经常讨论世界各地那些古老的，但对文化界来说又是绝对新奇的民俗。在普希金的引导下，果戈理发现，自己的出生地乌克兰的乡下民风是公众舆论的空白，于是一边写信向母亲询问乌克兰民俗的种种细节，一边回忆和整理童年、少年时的记忆。1830年，果戈理写出第一篇乌克兰故事，随后迅速写出一组乌克兰民间故事，于1831年汇集成小说集《狄康卡近乡夜话》出版。独特的乌克兰风情和幽默的笔调引起了轰动。1832年，他又出版了《狄康卡近乡夜话》第二卷。两卷《狄康卡近乡夜话》包括八篇故事和两篇序言，故事全部由一个叫鲁得·潘柯的养蜂老人讲述，语调活泼幽默，情节生动，给京城文坛带来极其新鲜的空气。其中《索罗庆采市集》《五月的夜》《圣约翰节前夜》《圣诞节前夜》等人鬼故事最有名。《狄康卡近乡夜话》获得成功，果戈理蜚声文坛。1834年，经朋友介绍，他到彼得堡大学任世界史副教授，但是，授课效果不好。不久，他辞去教职，专心写作。

三、含泪的讽刺

1835年，果戈理发表小说集《密尔格拉得》和《阿拉伯花边》，展现出更大的幽默讽刺才能，其中以诙谐揶揄笔调嘲讽俄国地主空虚生活的《旧式地主》《伊凡·伊凡诺维奇和伊凡·尼基福罗维奇吵架的故事》和英雄史诗风格的《塔拉斯·布尔巴》堪称世界文学中的精品。1835年，果戈理创作了喜剧剧本《钦差大臣》，1836年上演。喜剧写的是外省某城的市长及其幕僚把一个花花公子当作钦差大臣，对他百般奉承谄媚，出尽洋相。这样的剧情讽刺了整个沙皇官僚阶层，招来非议，作家不得不离开俄罗斯，出走瑞士，然后又到巴黎，最后定居罗马。1842年，果戈理把早年的《阿拉伯花边》中的作品和新创作的小说合在一起，组成《果戈理作品集》（第三卷）。其中《狂人日记》《外套》等是写小人物的名篇。《外套》写的是机关小公务员阿卡基·阿卡基耶维奇的可怜的故事。这个小人物最大的理想是做一身新外套，为此省吃俭用，终于做成了新外套。不料，在穿上新外套的第一天晚上被彼得堡冬夜的"跳人"（扮成鬼魂的强盗）抢去。第二天，阿卡基到长官那里报案，却被长官大声呵斥一顿。回家之后，大病不起，几天之后无声无息地死去。这个小人物的生存状态已经毫无人格尊严可言，完全异化成一件寒酸的外套，而使这个小人物陷入这种生命状态的，正是层层叠叠的官僚体制。《外套》继承和发展了普希金写"小人物"的传统，在俄国文学史上具有重要意义。陀思妥耶夫斯基说："我们都是从

《外套》走过来的。"①

四、神圣的《死魂灵》

1841年,旅居意大利的果戈理将《死魂灵》第一部手稿寄回俄国。1842年,在别林斯基的努力下,《死魂灵》第一部出版,果戈理又一次"震撼整个俄罗斯"。1842—1848年,果戈理往来于意大利、法国、德国之间,他的身体出现病态,思想也出现危机。他想为俄罗斯的前途找到理想的榜样,因此在《死魂灵》的第二部中塑造了几个正面形象,但是他又不满意。1845年他烧掉了已经写好的几章。1847年,果戈理发表《与友人书信选》,其中的宗教思想遭到民主派的严厉批评,别林斯基在重病之时写下《给果戈理的一封信》,严厉批评果戈理,认为发表"书信"是叛徒行为。为此,果戈理写下《作者的自白》。1848年,果戈理到耶路撒冷参拜圣地,然后回莫斯科定居。回国后,果戈理一直努力写作《死魂灵》第二部,但是进展很不顺利。1852年2月22日,心力交瘁的作家又一次烧毁了写成的书稿。几天之后,果戈理于3月4日与世长辞。

《死魂灵》是果戈理的代表作。小说的情节发生在外省。某天,外省省会NN市的一家旅馆来了一个客人,他给旅馆侍应写下自己的身份:六等文官乞乞科夫、地主、私人事务旅行。第二天乞乞科夫遍访NN城名流。一个星期之后,乞乞科夫已经把省长、厅长、

---

① 长久以来,这句话被认为是陀思妥耶夫斯基所言,但是,今人考证,此言出于法国批评家欧根尼·德·沃格(Eugène de Vogüé)。(请见:Литературоведческий журнал, Номер, 41, 2017, Стр. 319–321.)

局长等家门走得极熟。他开始走访乡下。他先拜访了地主玛尼洛夫。转弯抹角说了许多废话之后,乞乞科夫把话题拉到"死魂灵"上面。在俄语中,"魂灵"也常常指天国里面的"农奴"。短语"死魂灵"是一种有歧义的搭配,因为,灵魂是人肉体中的"另一个存在",人的肉体死亡之后,灵魂或下地狱,或去天堂,所以,灵魂是无所谓死或者不死的。"死""魂灵"两个词之间补上一个语法成分,才可以不产生歧义,即"死掉了肉体的灵魂"。但是,在语言交流中,如果交流不出现障碍,并不一定要语法周全。而且,果戈理是故意使用这个有一定歧义的词组的。意大利诗人但丁的《神曲》也有这样的自相矛盾,地狱、炼狱、天堂,是死掉的人的灵魂所往。但是,但丁却作为一个活着的人,来到这个灵魂的世界。果戈理是反其道而用之,他要写人间"死魂灵"。"死魂灵"首先是指已经死掉的农奴的灵魂,但是,在果戈理的小说里,"死魂灵"也指在农奴主的"花名册"上已经死掉却还没有被注销的农奴。当时的俄国,每十年进行一次人口登记,两次登记之间死去而未曾注销的农奴仍被视为活人,需缴纳人头税。但是,尼古拉一世改革,一定数量的农奴可以作为抵押向赈济局申请贷款,并可以申请开发新土地。乞乞科夫在官场苦心钻营,三起三落,每每已经快要成功,但是劣迹败露,被另外更大的贪官没收了家当。最后他发现了国家政策有空子可钻:如果用低廉的价格把这些未曾注销的"死魂灵"买来,就可以向银行申请一大笔贷款,而农奴主为了摆脱人头税,一定会乐意低价出售"死魂灵"。于是他就四处行动,购买"死魂灵"。乞乞科夫的计划是"完美"的:购买"死魂灵",贷款成功之后,他将在乌克兰的南部实施开垦拓荒的项目。

《死魂灵》中,乞乞科夫"死魂灵"买卖遇到的第一个地主是玛尼洛夫，这是个甜腻腻的地主，只会讲庸俗的礼数，虚浮的客套，结果，他客气地把死农奴让给乞乞科夫。乞乞科夫偶然闯入女地主科罗潘奇卡庄园，这是一个狡猾多疑的女人，几度狐疑之后，她还是卖了死农奴。乞乞科夫又碰上流氓型地主诺兹德廖夫，没有搞到死魂灵，反而吃尽了苦头。逃离了诺兹德廖夫庄园，乞乞科夫到了预约的索巴凯维奇庄园。这个地主像一头中等大小的熊，形态粗壮，语言恶毒。但是，讨价还价之后，乞乞科夫又收获不少。最后，乞乞科夫在普柳什金的庄园里也大有所获。乞乞科夫抱着丰厚的收获回城，又凭借机智、油滑和贿赂，神速办理了死魂灵过户手续。乞乞科夫成了NN城的热点人物，人人巴结他，女人们甚至为了他的一个眼神而互相嫉妒。不料流氓地主诺兹德廖夫当着省长的面，说穿了他的勾当。女地主科罗潘奇卡也耐不住可能会被骗的疑惑，进城打听死魂灵的行情。于是乞乞科夫好事败露。全城都乱了，人人惊慌、猜疑。女人们谣言四起，男人们怕因为此事而承担什么意想不到的干系。新总督就要上任，检察长竟然被吓死，乞乞科夫本人则仓皇出逃。

《死魂灵》通过一心钻营的商人乞乞科夫买卖"死魂灵"的故事，全面地揭露了19世纪俄国城乡落后腐败的现实，辛辣地讽刺了盘踞在俄罗斯各层次的上流人物，大胆地嘲笑了俄国专制农奴制，刻画了一批腐朽、没落、庸俗的地主、官僚和新生的投机商人的丑恶形象，深刻挖掘了现实生活中普遍存在的荒诞性。它是俄国"自然派"的代表作品。买卖死奴隶，听来荒唐，但是却有坚实广泛的社会基础。19世纪的俄国，尽管距离彼得大帝面向西方的改革已经一百多年，但是，彼得大帝的改革目标之一就是巩固专制农奴制。所以，19世纪，俄国专制农奴制依然顽固地制约着俄国的进步,落后和腐朽依然遍布这个帝国,它和沙皇的专制统治制度结合在一起,构成当时俄国最大的社会疾病。然而,在沙皇固守反动制度的同时,进步势力也在努力寻求着俄国解放之路,终于在19世纪20年代酿成十二月党人的革命高潮。沙皇尼古拉一世残酷镇压了十二月党人。30年代俄国专制农奴制出现了一个反动的回潮。果戈理在这种时候推出暴露俄国社会普遍弊病的小说《死魂灵》,把批判讽刺的锋芒直指这个痼疾,揭开了俄国专制农奴制的脓疮。因此,小说一发表就引起了强烈的社会反响,震撼了整个俄罗斯。

小说第一部描写了五位俄国地主的丑陋形象,个个都有特点,构成了一组地主肖像的画廊。其中有礼貌、周全、温文尔雅,却成天耽于幻想、灵魂空虚的玛尼洛夫;有狡猾多疑、善于精打细算而实际上孤陋寡闻的女地主科罗潘奇卡;有放荡成性、无恶不作的诺兹德廖夫;有表面粗笨,实则精明,外表粗鄙,内心机警贪婪的索巴凯维奇。而最后一个地主普柳什金,更是世界文学中著名的守财奴形象。在这个俄国地主身上,集中了守财奴最突出的特征:贪婪、吝啬、保守、没落和腐败。普柳什金的庄园里一片破败景象:路面、农舍、麦垛、菜园,无一处不败坏腐朽,"庞大庄园像一个衰朽不堪的残废人"。在这个俄国大地主的"城堡"内部:墙上、桌子上、架子上、柜子里、地上、角落里全是陈年废物,生活早已像墙上的钟表一样"停止"了,甚至生命的迹象也荡然无存。在荒芜的典型环境中,作家让乞乞科夫十分滑稽地认识了普柳什金。他竟将地主当成管家婆,这是极具讽刺意味的一笔。搞清了这个非男非女的人就是主人之后,作家再度描绘了普柳什金的肖像,他的下巴,他的小老鼠一样的眼睛,一副守财奴典型的面孔。他的装束更有讽刺性,他的睡袍,他的脖子上系的"玩意儿",简直是一个乞丐。写到此,作家放下乞乞科夫的视角,以"全视角"客观叙写普柳什金的日常行为"他走过之后街巷已经不用再打扫了"①,因为凡是落入他眼里的东西,他都会捡入囊中,他的贪财已经到了荒唐的程度。作家接着写出这个怪人的历史,告诉读者,普柳什金也曾有过浪漫的青春,但是,他随着财产的积累一点点蜕变。果戈理是要说明:这个社会畸形人物是在财产的不断积累中变得如此荒唐的。"钥匙"和"琐屑的操心事"落到他身上以后,普柳什金成了财产的奴隶,变成一堆破烂,连起码的人之常情也已丧失。

环境、肖像、行为、历史的描写之后,作家正式描写普柳什金的言语、动作和心理:说他富,他大声叫屈;有人买他雇用的死掉的农奴,他大喊救命恩人;他拿出十几年前喝剩的酒,招待客人;他连写文书的纸都舍不得;送走了客人,他才盘算要不要给客人一点礼物……果戈理一层层地把一个守财奴的吝啬写绝了。

作家通过人物刻画所表现的思想是相当深刻的。首先,作家通过普柳什金揭示了对财产的极欲和对财产的占有使人性丧失,使理性丧失,使生命力丧失,人堕落成守财的奴隶,成为一堆废物,人性的扭曲和异化达到了极致。其次,普柳什金不是一般的守财奴,他是盘踞在俄罗斯大地上的主人,他与他庄园后面的充满生机的大地形成反差,他是美好的俄罗斯大地上的一堆垃圾,是俄罗斯人的一个病灶,是俄罗斯民族的一个毒瘤,而造成这种反差的深刻原因是俄国的专制农奴制。小说的标题,带有歧义的"死魂灵"实际上是语义双关,与其说它是指已死的农奴,还不如说它是指这些

---

① 果戈理:《死魂灵》,满涛、许庆道译,人民文学出版社1983年版,第147页。

农奴主。但丁把自己的长诗《神曲》称为喜剧,是写冥界里"死去的灵魂"的情况。果戈理把自己的小说称为"长诗",是要写人间的死魂灵——俄罗斯上层社会的那些已经死掉了灵魂的肉体,他们才是丧失了人性的真正的"死魂灵"。

乞乞科夫是当时刚刚出现的资产阶级投机家的形象。多年的官场生活使他增长了见风使舵、投机钻营的"本领"。收购死魂灵的举动"别出心裁",却也充分表现出新生资本投机家的本色。在收购活动中,他随机应变,应酬得体,因而屡屡取胜。他的机敏和地主的愚蠢形成对比,体现出新兴资产者的活力,但是果戈理已经看到这个新兴阶级更具掠夺性,也更加卑劣可恶。小说在刻画这个形象时,笔法细腻,分寸得当,其典型性并不比书中的地主形象逊色。

揭发批判丑恶的现实主义手法,环境和人物性格相得益彰的表现手段,尤其融幽默、夸张、尖刻于一炉的讽刺风格是果戈理小说突出的艺术特征。这种饱含了作者心酸的喜剧性,被称为"含泪的笑"。

果戈理在俄国文学史上有着巨大的意义。他是普希金之后俄罗斯文坛的一大里程碑。他开创了俄罗斯的新文学流派——自然派,得到别林斯基、涅克拉索夫的发扬,蔚然成风,从而使俄罗斯文学摆脱了西欧的影响,开始走向世界文学的高峰。在当时矫饰文学和浪漫文学流行的时候,自然派反其道而行,以批判的态度如实地反映俄国农奴制庸俗腐朽、黑暗反动的现实。果戈理的优秀作品在俄国人民反专制、农奴制的社会斗争中起到非凡的作用。他的创作对后来的作家产生了巨大的、积极的影响。他所创造的许多艺术形象已经成为世界文学画廊中的典型。

第六讲 俄罗斯十九世纪文学的灿烂群星

如果说19世纪30—40年代是俄国文学的果戈理时代,在这时期俄罗斯文学完成了从浪漫主义向现实主义过渡的历史进程,那么,进入40年代以后,俄罗斯文学的一个突出的特点就是一代新人进入文坛。这批文学新人有批评家别林斯基、车尔尼雪夫斯基、杜勃罗留波夫;有作家赫尔岑、冈察洛夫、丘特切夫、涅克拉索夫、陀思妥耶夫斯基;有戏剧家奥斯特洛夫斯基等。他们大多出生在1812年卫国战争和1825年十二月党人起义前后。他们经过19世纪初期文学氛围的熏陶,经过大量引进的欧洲文学的刺激,特别是经过各种社会思潮的碰撞,在思想和文学素养上都达到较高的水平。他们坚持果戈理的方向,沿着现实主义的道路继续前进,在40年代以及随后的半个多世纪里,创造了一个世界文学发展史上的奇迹。那时,俄国文坛就像璀璨的星河,放射出夺目的光彩。

一、别林斯基

在这一文学发展过程中,别林斯基起到了非常特别的作用。维萨里昂·格里戈里耶维奇·别林斯基(1811—1848)是卓越的文学批评家、哲学家。他出生于奔萨省一个平民家庭,父亲是医生。别林斯基智慧超群,才华横溢,很早就以担负社会重大使命为己任。1829年进入莫斯科大学,组成著名的"十一号房间"文学社。校方对他的进步思想极为不满,便于1832年以"体弱多病、才能低下"的借口把他开除了。1833年《望远镜》杂志邀请别林斯基撰稿,后又聘为编辑。1834年他发表第一篇文论《文学的幻想》,1835年发表长文《论俄国中篇小说和果戈理的中篇小说》。他的一篇篇文章使《望远镜》声望大增。1836年,《望远镜》被查封,别林斯基曾被拘留。1838年,他被邀主持《莫斯科观察家》杂志。1839年此杂志又被查封。随后,别林斯基受邀迁居彼得堡,负责《祖国纪事》的文学批评栏。他的文章受到读者极大的欢迎。赫尔岑回忆《祖国纪事》在青年读者中的影响时说:"莫斯科和彼得堡的青年从每月25号起便如饥似渴地等待着别林斯基的文章。大学生们三番五次跑进咖啡馆,打听《祖国纪事》到了没有;厚厚的杂志一到便争相翻阅。'有没有别林斯基的文章?''有。'于是怀着狂热的同情,把它一口气读完,一边读一边笑,一边争论……三四种不同的信仰和崇尚顿时化为乌有。"[①]1847年,涅克拉索夫和帕纳耶夫得到《现代人》的发行权,邀请别林斯基主持批评栏。于是《现代人》又成了公众舆论中心。就这样,别林斯基在十几年里撰写了一千多篇批评文章。过度的劳累使他的身体健康过早恶化。1847年他出国治病,当他看到果戈理发表了《致友人书信选》,表现了保守派的倾向时,写下文词激烈的《给果戈理的一封信》。回

---

① 赫尔岑,《往事与随想》(中册),项星耀译,人民文学出版社1998年版,第25页。(此处根据原文对译文略作修改。)

国后,他继续奋斗,致使病情迅速恶化,1848年去世。

别林斯基的批评激活了俄国文坛,使文学成为公众瞩目的一个热点。他始终把文学和社会生活紧密联系在一起,把文学作为俄国民主运动的一个武器,作为结束"可怕的时代",让"子孙过得快乐"的战场,充分发挥了文学的社会作用。他的文学批评具有强烈的战斗性。那些被他批评的保守文人愤怒地骂他为"专门咬我们的恶狗",正好从反面证明他的批评有的放矢,切中要害。别林斯基的批评帮助俄国文学建立了批判现实主义的传统,使"自然派"从被贬斥的地位变为堂堂正正的文学大潮,从被蔑视的低谷走向辉煌殿堂。别林斯基还是一个具有远见卓识的伯乐、文学新人的发现者,屠格涅夫第一篇作品《猎人笔记》、冈察洛夫的第一部小说《平凡的故事》、陀思妥耶夫斯基的第一篇小说《穷人》,都是他和涅克拉索夫看到了作品的新颖之处而力主发表的。19世纪俄国文学发展突飞猛进的重要原因之一,就是充分发挥了正确的文学批评对文学创作的指导和促进作用。在这方面,别林斯基做出了极大的贡献。

俄国19世纪中期文学批评家还有车尔尼雪夫斯基(1828—1889)、杜勃罗留波夫(1836—1861),以及后期的皮萨列夫(1840—1868)。杜勃罗留波夫在1857年加盟《现代人》杂志,连续发表《俄国文学发展中人民性渗透的程度》(1858)、《什么是奥勃洛莫夫的性格》(1859)、《黑暗王国》(1859)、《黑暗王国中的一线光明》(1860)、《真正的白天何时到来》(1860)等著名批评文章,提升了文学作品的社会意义。

二、赫尔岑

亚历山大·伊凡诺维奇·赫尔岑（1812—1870），哲学家、政治家、思想家和小说家。他是俄国贵族和德籍家庭女教师的儿子，早年受到良好的家庭教育。1825年，十二月党人事件震撼了他。当五个十二月党人领袖被绞死时，他立志为这些"从头到脚用纯钢铸成的英雄"报仇。1829年，赫尔岑进入莫斯科大学哲学系数理科学习。在学校，他组织学习小组，阅读禁书，议论欧洲革命，思考社会主义。1833年毕业，第二年被捕，监禁九个月。1835年又被捕，被冠以"对社会极其危险的大胆的自由思想者"的罪名流放外省。1840年获释，1842年返回莫斯科，立即投入宣扬自由思想的写作，同时进行文学创作，写出《一个青年人的札记》（1840—1841）、《谁之罪？》（1841—1846）、《克鲁波夫医生》（1847）、《偷东西的喜鹊》（1848）等作品。

《谁之罪？》是赫尔岑的代表作。小说中的三个年轻主人公各有特点。平民出身的克鲁奇菲尔斯基大学毕业后任家庭教师，与主人家的女奴之女柳鲍卡相爱，结为夫妇。但是，他的同学别里托夫从国外归来，与柳鲍卡交往中，两人也产生爱情，于是三个青年人都陷入痛苦之中。别里托夫因破坏了同学的家庭幸福而悔恨，再度出国。柳鲍卡身心遭受重创，身患重病。克鲁奇菲尔斯基整日借酒浇愁，生活失去了意义。本来是三个优秀青年，如今毁于生活悲剧。那么，谁来承担造成这个悲剧的责任？显然不是别里托夫，他不是一个花花公子，而是一个有理想有抱负的优秀青年。责任也不在柳鲍卡，她是一个诚实的姑娘。当然也不在克鲁奇菲尔斯基，他是一个老实忠厚，肯吃苦，勤奋上进的青年。在作者看来，一切的责任来自等级制度下的社会环境。两个男青年由于出身和背景不同，在见识、经历、品位、性情等各方面都存在差异，柳鲍卡的感情变化是可以理解的。但是，社会道德和家庭观念又制约着三个青年人，停滞不前、死气沉沉的社会环境令人窒息，使他们不可能从狭小的感情圈子里走出来。所以这场悲剧不是传统意义上的浪漫悲剧，而是私有制社会不可能解决的悲剧。赫尔岑一直在探寻社会主义的理想世界，研究过大量空想社会主义的理论，他在小说中提出的问题，不仅仅是俄国等级制度的问题，也是整个私有制下的家庭、婚姻、爱情的问题。除了小说基本情节展示的"谁之罪"的主题，赫尔岑还在情节之外，在人物、环境的描写之间加入了大量批判性言论，使小说的讽刺矛头明显地指向当时的社会。1847年赫尔岑出国，到了巴黎、罗马等地。当地的革命运动吸引了他，也使他重新思考俄国的问题。他的思想开始有所转向，希望俄国在革命后建立一个"俄国村社的社会主义"，这就是后来的民粹派思想。赫尔岑在欧洲创办报刊《北极星》和《钟声》，专门登载沙皇专制书报检查制度禁止的作品，在俄国解放运动历史上起到了极大的作用。晚年，赫尔岑写出七卷《往事与回想》（1852—1868）回忆录，囊括从1825年十二月党人起义到1870年法国巴黎公社前夕俄国和欧洲的一系列重大事件，其历史文献性、思想性和艺术性都达到了极高的水平。当今俄罗斯对19世纪革命民主派的评述出现复杂的声音，对自由派，特别是对自由派中的斯拉夫派的赞誉多于民主派，对革命民主派的评价有所贬损，有些赞誉的声音甚至站到保守派的一方。但是，回顾19世纪俄罗斯的文化思想运动，革命民主主义的积极作用不应该被遗忘、抹杀，更不应该被贬损。

三、冈察洛夫

伊凡·亚历山大罗维奇·冈察洛夫（1812—1891）以长篇小说的巨大成就在19世纪俄国文坛占有突出地位。他出生于伏尔加河岸一个偏僻安静的省城辛比尔斯克，父亲是出身贵族的商人。闭塞的城市和缺乏生气的平凡生活，给冈察洛夫留下深刻印象。7岁时父亲的去世，并没有影响冈察洛夫的教育和生活。1831年，冈察洛夫进入莫斯科大学，他与同时在校的赫尔岑、别林斯基等人不同，冈察洛夫专注于文学，不太关心社会问题。1834年毕业后，他回故乡任省长办公厅秘书，很快又到首都彼得堡进入财政部，从此开始漫长的官场生涯。1852年至1854年随海军进行全球旅行，曾先后在广州、上海停留，回国后写旅行记《战舰巴拉达号》（1858）；1856—1860年担任官方图书检察官，随后在政府文化部门任职，直到1867年退休，这期间他有意保护进步倾向的文学，但是也限制了一部分激进革命派的作品出版；晚年著有多种回忆录，因本人的特殊地位，这些文献格外具有史料价值。

冈察洛夫一生创作了三部长篇小说：《平凡的故事》（1847）、《奥勃洛莫夫》（1859）、《悬崖》（1869）。三部小说之间有内在的联系。《平凡的故事》写阿杜耶夫叔侄两人的故事，之所以称为"平凡"，是因为12年前，当侄子亚历山大从外省来到首都时有着浪漫主义的抱负，最后的生活归宿却如同凡人一般平常。这个青年人从激情到务实的人生道路,是时代的价值取向发生了变化。在19世纪40年代的俄国,新起的资本主义激烈地冲击着传统的贵族生活,资产阶级那种务实、理性、拜金主义在冷酷的现实中起着不可抗拒的作用。代表这个现实的就是亚历山大的叔叔彼得·阿杜耶夫,这是一个实干家。在他眼里,友谊、爱情、婚姻、荣誉、诗歌都成了华而不实的东西。小说探讨的人生问题的意义远远超出了那个时代。

《奥勃洛莫夫》是冈察洛夫的代表作,小说塑造了一个典型的贵族青年奥勃洛莫夫。此人的性格特征就是懒散。他刚三十出头,但是,已经离职12年,他曾经上过学,但是对他来说那是上天对有罪的人施行的惩罚。他也读书,但是,读过第一卷之后绝不主动索取第二卷。他每天都在计划对父亲交给他的农庄进行改革,但是从未离开过彼得堡去庄园看看。每天早晨,他会把昨天思考的改革计划再重新想一遍,然后,他喜欢遁入自己的内心,生活在自己创造的世界里,"他能从高尚的思想中获得快感,也并非不懂得人间的疾苦。他的心有时会为人间发生这样那样的灾祸而痛哭",想到这些,热泪也会"沿着他的双颊流下来",面对人类的罪恶,他也会义愤填膺,"一些思想忽然会在他的头脑里大放光芒,又像海浪似的徜徉,渐渐成为意向,使他全身的血液沸腾起来,肌肉活动起来,筋腱紧张起来,意向变成了意图,于是他为精神力量所驱使,一时间竟变换了两三个姿势,两眼灼灼有神地从床上支起半个身子,伸出一只手,激动地向四周张望……眼看他的意图就要付诸实行,变成功业……"。可是早上一晃就过去了,看看天色已近黄昏,奥勃洛莫夫的精神倦怠了,要休息了。他心中的风浪平息下去,头脑清醒过来,血液在血管里也流得慢了。奥勃洛莫夫"静静地、若有所思地翻过身来仰面躺着,把哀愁的目光投向窗外,投向天空,伤感地目送太阳堂堂皇皇地沉到谁家的四层楼房后面去。"① 第二天早上一切又周而复始。后来他也被鼓动起来,甚至产生了爱情,但是,爱情发展到需要建立家庭的时候,他又被无限多的事情吓跑了。恋人奥尔加无法接受这样一个人,分手时问他"是什么毁了你",他说"因为奥勃洛莫夫的性格"。

"奥勃洛莫夫性格"的形成原因,作家在作品中交代得十分清楚,在小说的第一部第九章"奥勃洛莫夫的梦"里,作家用回溯的笔法写奥勃洛莫夫的童年,用意就在于告诉读者,这个极端懒散的贵族是从俄国外省古老的、沉寂的贵族庄园里培养出来的。小说共分四部分,第一部分除第九章外只写了一个内容:奥勃洛莫夫早上准备起床。第一部分结束时,他终于起床了,但是已经是下午四点了。《奥勃洛莫夫》刻画出了世界文学史上著名的、典型的懒惰者形象,当时引起了巨大的轰动。"奥勃洛莫夫性格"经批评家杜勃罗留波夫的再度强调,成为专用名词。冈察洛夫的不动声色的叙述语调,达到了一种独特的反讽效果。他以冷漠的姿态写近于荒谬的懒惰,使小说的语言产生一种阅读压力,使作家的思想更深入骨髓。冈察洛夫的艺术功力高人一筹,现代派作家卡夫卡的叙述笔调很大程度上受这部作品的影响。

冈察洛夫写作《悬崖》的本意是描写自己的理想人物。他认为当时的俄罗斯正处于危机状态,仿佛人站立于悬崖之上。有些人(所谓虚无主义者)想把俄罗斯引向坠崖,而他则把希望寄托在

---

① 〔俄〕冈察洛夫:《奥勃洛莫夫》,陈馥、郑揆译,人民文学出版社2006年版,第67—68页。

觉醒的一代。这部小说从构思到写成,花了20年时间。作者本人很看好这部总结性的作品,但是,革命民主主义阵营却因小说错误地描绘了平民知识分子(即虚无主义者)而提出了强烈的批评。

19世纪俄国伟大作家大多紧随时代的讨论,回答时代提出的问题。冈察洛夫则表现出俄国作家的另一个特征,那就是超越时代而直抵人性的深处。当时代的争论过去了,伟大作家的作品却永远不朽。

四、丘特切夫

费多尔·伊万诺维奇·丘特切夫(1803—1873)是与普希金同时代的俄国诗人,14岁就开始发表诗歌,在当时的诗坛上,他的诗歌因为讲究纯粹的美,讲究和谐,所以不像革命诗篇那样被社会关注。1822年他开始做外交官,在国外生活二十多年,离俄国文坛较远。19世纪40年代回国,一直任书刊检察官,是俄国社交场合的常客,政治上宣称自己是泛斯拉夫主义,但是主导精神本质上是西欧自由主义。他一直是一个官员,但是无论在国外还是在国内,他都没有停止诗歌创作。他在诗歌创作上潜心积累,不求诗名闻达,而是细心观察大自然,钻研语言如何表达季节、气候、晨昏、草木、山川等大自然的细微特征,因此,他的诗歌更多是观察者的宁静和探究者的细腻深邃。丘特切夫的诗歌数量不多,但是,质量比较高,当时的各派各阵营的人物都相当敬重他的诗歌品位。普希金就很欣赏他,涅克拉索夫说他是一流诗人,屠格涅夫在1854年为丘特切夫编辑出版了《丘特切夫诗集》并撰写专文评论丘特切夫,说他"创造的语言是不朽的",这对一个真正艺术家来说是至高无上的褒奖。丘特切夫的诗歌尽管远离社会风云中心,但是绝非象牙塔之作。诗人在人与大自然之间寻找的是更深刻的联系,在点染了许多人文色彩的风景中和人的社会生活中找寻时代的痕迹,在俄罗斯土地上的万事万物生息变化中找寻斯拉夫的传统。

丘特切夫是一个比较纯情的抒情诗人,他写景细腻生动,如《初秋有一段奇异的时节》(1857):

> 初秋的日子啊,
> 那短暂而美妙的时光——
> 白昼水晶般的清澈,
> 傍晚又是那么明朗……
> 在那镰过麦倒的地方
> 已是空阔又宽广,
> 只有蜘蛛网上的纤纤细丝
> 在悠闲的垄沟里闪闪发亮……①

早年,他的诗歌已经具备了这些特点,如《夏日的黄昏》(1828)、《春水》(1830)、《秋天的傍晚》(1836)、《我的心是一群幽灵的乐土》(1836)、《不,大地母亲啊》(1836)等;19世纪50年代以后,他的诗歌达到了炉火纯青的水平,如《夏天的风暴是多么快活》(1851)、《初秋有一段奇异的时节》。丘特切夫的爱情诗

---

① 北京师范大学苏联文学研究所《苏联文学》编辑部:《苏联文学》,1983年第四期,第77页。

也相当著名，50年代诗人写下一组给杰尼西耶娃的爱情诗，真实深刻地记下了自己与一个"非法"爱人的感情风波。丘特切夫还是俄国哲理诗歌的代表人物之一，他在诗歌中探寻世间万物的"灵魂"，显然是受德国唯心主义者谢林的泛神论的影响，但是，诗人不是生搬硬套哲学观念，而是在自然的各种状态中发现"灵"，发现隐秘在万物背后的理念，在诗的语言中，对世界进行独特的阐释。

晚年的丘特切夫，诗歌的生命力不减，依然写出了很多细腻深邃的诗篇。

五、涅克拉索夫

尼古拉·阿列克谢耶维奇·涅克拉索夫（1821—1878）是继普希金、莱蒙托夫之后，反专制、反农奴制倾向的革命民主主义诗歌的代表，著名的文学活动家之一。涅克拉索夫生于乌克兰波多利斯省聂米罗夫镇，父亲是一个残暴的军官。他3岁随同退役的父亲迁往雅罗斯拉夫尔省格列什涅沃村庄园。在这里，他见到父亲对农奴的残酷压制，见过伏尔加河的纤夫，见过沿伏尔加河流放的犯人。后来，当他接触了自由思想之后，这些亲眼目睹的残酷事实更激起了他对专制农奴制的憎恨。1832—1837年，他在雅罗斯拉夫尔读中学，因普希金《自由颂》而受到鼓舞，开始写诗。1838年，他被父亲送进彼得堡军事学院，但他却擅自到彼得堡大学旁听，父亲一怒之下，拒绝给他经济资助。17岁的涅克拉索夫只得住在贫民窟，干各种杂活，和最底层的劳动者生活在一起。三年时间把涅克拉索夫锻炼成顽强的斗士和实干家。1840年，他出版了第一部诗集《幻想与声音》，其中充满年青诗人的浪漫气质，也表现出他为社会正义而战的激情，但因为明显的模仿痕迹备受批评。1842年，他结识了别林斯基，又受果戈理《死魂灵》的影响，涅克拉索夫的诗歌转向现实主义。1845年，别林斯基看到他的特写《彼得堡的角落》，便说他是果戈理的继承人。1847年，涅克拉索夫接办《现代人》杂志，从此一直没有离开过编辑工作。他将《现代人》杂志办成了革命民主主义的最具影响的阵地，1866年，杂志因革命倾向而被查封，涅克拉索夫转到《祖国纪事》，又使该杂志成为俄国进步文学的阵地，两个杂志在俄国19世纪文学发展史上功勋卓著。

1845年后，涅克拉索夫编辑出版了一系列"集刊"。其中的两部"自然派"作家的文集《彼得堡生理学》（1845）和《彼得堡文集》（1846），巩固了俄国批判现实主义的阵地。他本人也已成为这一流派中最有战斗精神的诗人。他的《摇篮歌》（1845）揭发了大官僚们的贪赃枉法。组诗《街头即景》（1850）记述了城市贫民的疾苦，其中《小偷》极为有名。《故园》（1846）一诗取材于作家少年时代的经历，写出了农村的悲惨生活，指责了庄园主可耻的、荒淫与卑鄙的横暴。

19世纪50年代，涅克拉索夫的思想进入成熟期。他的《诗人与公民》（1856）是俄国"公民诗"的名篇。普希金、莱蒙托夫等人都在这个题目上写过出色的诗篇。涅克拉索夫把这一类诗篇写成革命诗歌的宣言，他大声疾呼：诗人首先要做一个公民，当一个战士。"你可以不做诗人，/但必须做一个公民"。《大门前的沉思》（1858）是涅克拉索夫政治抒情诗的代表作。诗中描写了一群衣衫褴褛的农民在官邸门外求见，被看门人无理驱赶的情景。诗人随即转为对权贵的愤怒控诉。诗的调子也愈益激昂，直至最后达到激越的高潮。现实主义的手法,对统治阶级的尖锐揭露以及革命的号召,是这首诗歌的三大特点,也可以说是诗人一生创作的特点。

19世纪60年代以后,涅克拉索夫写出《货郎》(1861)、《严冬,通红的鼻子》(1863)、《铁路》(1864)等俄国诗歌史上的名篇。《货郎》写在1861年农奴制改革之后,以卖货郎在俄罗斯大地上到处游走为线索,全面展示了俄国农民的悲惨命运,及时揭发了改革的"骗局"。《严冬,通红的鼻子》是一首艺术水平相当高的叙事诗。农民普洛克忍着饥饿和寒冷为主人送货,回来后一病不起,悲惨地死去,全家顿时陷入深渊。他的妻子达利亚到森林中砍柴,遇上童话中的"冬日魔王",冻死在林中。临死前,眼前出现了种种美丽的幻觉。涅克拉索夫借用民间故事,写了一个现实主义的悲剧,写出了农民对美好生活的向往。《铁路》描写了月夜中,那些在筑路时累死的鬼魂,唱着凄凉的歌追赶列车的情景,深刻地写出沙皇修筑的铁路,是由无数"俄罗斯的白骨"铺成的。

19世纪70年代,涅克拉索夫写出《祖父》(1870)、《俄罗斯妇女》(1872—1873)、《谁在俄罗斯能过好日子》(1866—1873)等大型的叙事诗。《俄罗斯妇女》以十二月党人的妻子到西伯利亚看望丈夫的真实事件为题材,讴歌了19世纪俄国历史上"用纯钢铸就的一代"。涅克拉索夫用颂歌的语调描述出俄罗斯两位最伟大的女性:特鲁别茨卡娅公爵夫人和沃尔康斯卡娅公爵夫人。

《谁在俄罗斯能过好日子》是涅克拉索夫创作的高峰。诗歌的主角是七位衣着破烂的农民。他们按照欧洲中世纪以来流传甚广的英雄找寻"幸福"的模式,在俄罗斯大地上找寻"谁在俄罗斯能过好日子"的答案。

全诗以这样精彩绝伦的诗句开篇:

> 哪年哪月——请你算,
>
> 何处何方——任你猜,
>
> 却说在一条大路上,
>
> 七个庄稼汉碰到一块儿:
>
> 七个暂时义务农,
>
> 家住勒紧裤带省,
>
> 受苦受难县,
>
> 一贫如洗乡,
>
> 来自肩挨肩的七个村庄:
>
> 补丁村、破烂儿村、
>
> 赤脚村、挨冻村、
>
> 焦土村、空肚村,
>
> 还有一个灾荒庄。七个人碰到一块儿,七张嘴争了起来:
>
> 谁在俄罗斯能过好日子,过得快活又舒畅?
>
> 罗芒说:"地主,"
>
> 杰勉说:"官吏,"
>
> 鲁卡说:"神父,"
>
> 顾丙家两兄弟——伊凡和米特罗多
>
> 说是:"大肚子富商。"八洪老爹头也不抬,
>
> 一口咬定是:"公爵大人——当今朝中的大臣。"
>
> 蒲洛夫却说道:"沙皇。"①

---

① 〔俄〕涅克拉索夫:《谁在俄罗斯能过好日子》,飞白译,上海译文出版社1979年版,第3—4页。

在诗中,涅克拉索夫用的是纯粹的俄罗斯民间话语,纯粹的俄罗斯民间风俗,纯粹的俄罗斯农民思想。诗人用最土气的语言写出了最有气魄的诗篇。全诗的构思又与亚瑟王圆桌骑士寻找圣杯、《巨人传》寻找神瓶的种种传说,遥遥相对。不过,这一次出发的不是骑士,不是巨人,而是最应该向世界提出幸福问题的农民。

七位农民到处寻找,结论大出所料。原来在19世纪60年代以后的俄罗斯大地上,谁也没有幸福。农民没有,农奴制改革不仅没有给农民带来半点幸福,反而把他们剥削得精光。所谓庄稼汉的幸福,只是"破烂补丁的幸福,罗锅和老茧的幸福"。地主老爷也没有幸福,因为地主老爷的幸福已经成为往事,现在只剩下"最末一个地主",①地主的俄罗斯一去不复返了!而"在伏尔加河上/清晨的空气里/,和谐而有力的歌声/好像钟声响:/人民的命运、/人民的幸福、/光明与自由/在一切之上!"②

无论从长诗构思的宏伟和它对当时俄国各阶级人物心理刻画的深刻性来看,还是从描写的真实、色调的鲜明和典型的多样性来看,《谁在俄罗斯能过好日子》都是一部无与伦比的杰作,涅克拉索夫为这部长诗付出了14年的辛勤劳动,在俄国文学中还没有哪一部作品像它这样有力而真实地表现了俄国人民的性格、风俗、观点和希望。这是俄国革命民主主义文学的典范,是19世纪俄国文学中最富有民主倾向的诗篇之一。

长诗广泛汲取了民间创作的艺术经验。它的书名、结构,以及那个童谣式的开端,都和民间口头文学有着密切的关系。作者灵

---

① 〔俄〕涅克拉索夫:《谁在俄罗斯能过好日子》,飞白译,第261页。
② 同上书,第388页。

活地运用传统的民歌手法和形象，使得长诗更为色彩鲜明、亲切动人。长诗大胆地使用农民的口语写诗，并吸收了大量民间俗语、俚语、谜语，充分表现了群众语言的丰富、生动、机智和诗意，使长诗更具有浓厚的民间风格。

六、奥斯特洛夫斯基

亚历山大·尼古拉耶维奇·奥斯特洛夫斯基（1823—1886）是俄国杰出的批判现实主义剧作家。他善于运用生动的民间语言，塑造了不少具有世界影响的典型形象。作品形式优美，内容丰富，为俄罗斯民族戏剧奠定了基石。

1823年4月12日，他出生在莫斯科一个官吏家庭，父亲是法官，退休后也经营商业，这使他从小就熟悉商人的生活。1840—1843年，他在莫斯科大学法学系学习，1843—1851年，他在莫斯科法院工作，接触到形形色色的诉讼者，尤其是尔虞我诈的商人，目睹了当时社会的众生相和官场生活，这一切为他后来的戏剧创作提供了丰富的素材。

奥斯特洛夫斯基在法院任职期间便开始写作，在39年的时间里，除了一部分散文和翻译作品外，一共写了五十多个剧本，是俄国最高产的剧作家。1847年，他发表喜剧《家庭幸福图》和《破产者》片断，在文学界获得好评，尤其得到了果戈理、冈察洛夫等人的赞赏。《破产者》在全剧完成时改名《自家人好算账》，正式发表于1850年的《莫斯科人》杂志上。作品遵循了果戈理的现实主义方向对社会进行强烈的讽刺，引起舆论界的关注。与冯维辛的《纨绔少年》、格里鲍耶陀夫的《智慧的痛苦》、果戈理的《钦差大臣》齐名，称为俄国的第四部喜剧。由于这部作品的进步倾向，作家受到警察厅的监视，剧本被官府禁演（发表11年后才得以初演）。

在为保守刊物《莫斯科人》撰写作品期间，他的作品不再有批判的锋芒，流露出一种把俄国宗法制和旧习俗理想化的倾向，为此，他受到车尔尼雪夫斯基和涅克拉索夫的批评。作家接受了批评，重新调整创作倾向，创作进入了新的阶段。从1856年起，他的大部分新作都由《现代人》杂志发表。在这一时期的创作中，他的剧本从商人题材，扩展到社会其他群体。他最重要的杰作是《大雷雨》（1859）。该剧作通过卡捷林娜的爱情悲剧，展示了一个女性的抗争，对窒息生机的生活发出了强烈的控诉和有力的挑战。该剧人物性格刻画鲜明深刻，心理描写细腻，语言优美富有诗意。剧中大雷雨外景的运用，刻画了女主人公激烈的内心冲突，加强了悲剧氛围，是独特的艺术创造。著名批评家杜勃罗留波夫把女主人公卡捷林娜为抵抗封建势力而投河自尽的举动，称为"黑暗王国的一线光明"，更加引起社会的强烈反应。

奥斯特洛夫斯基在19世纪50年代的剧作，加强了现实主义在戏剧舞台上的地位。他继承了冯维辛、格里鲍耶陀夫、普希金、果戈理的现实主义精神，吸取了俄国和西方的戏剧艺术技巧，并加以创新。他创作的戏剧有喜剧、悲剧、童话剧、历史剧等各种体裁。

七、车尔尼雪夫斯基

尼古拉·加夫里洛维奇·车尔尼雪夫斯基（1828—1889）是

19世纪中叶俄国的一位杰出的哲学家、思想家、作家和批评家,也是革命民主主义的一面鲜明的旗帜,一代新人的思想领袖。作为俄国的第一个马克思主义者,普列汉诺夫曾把他比喻为希腊神话中盗天火给予人间的英雄,称他为"俄国文学中的普罗米修斯"。

车尔尼雪夫斯基生于萨拉托夫城一个神父家庭。1846年进入彼得堡大学,毕业后在家乡中学教授语文。1853年迁居彼得堡,开始为《祖国纪事》杂志撰稿并着手写作学位论文《艺术对现实的审美关系》。这年秋末他与涅克拉索夫相识,并应邀加入《现代人》杂志编辑部,1856年因涅克拉索夫出国就医,他开始接手《现代人》杂志。他主持的《现代人》杂志成为传播进步思想的论坛。1862年,俄国国内形势日趋紧张,6月,《现代人》杂志被勒令停刊8个月。他的寓所被搜查,接着他本人被捕,关在彼得保罗要塞,拘押两年之久,当局判罚苦役,流放西伯利亚。1864年5月,他被当作"国事犯",处以假死刑,在彼得堡梅特宁广场示众。7月,他被押送到西伯利亚伊尔库茨克,流转各处的苦役场。在七年苦役期满后,又延长其苦役期,将他发配到荒无人烟的维柳伊斯克。1883年,他获准回到阿斯特拉罕居住。1889年6月,被准许返回故乡萨拉托夫。但是,长期的苦役和流放使他备受折磨,身患重病,当年10月逝世。

车尔尼雪夫斯基在大学期间一度热衷于黑格尔哲学,后又研究费尔巴哈,受到人本主义思想的影响。1848年他开始接触空想社会主义学说。他的文学论文有《艺术对现实的审美关系》(1855)、《俄国文学果戈理时期概观》(1855—1856)等。他的"美是生活"的美学观点产生相当大的影响力,他主张的文学应该遵从现实的观点直到今日仍有意义。

1862年,他被关押在彼得保罗要塞,在狱中创作了著名的长篇小说《怎么办》(1862—1863)。小说基本上遵循了现实主义的写法,但是,也充满了革命浪漫主义的激情。小说塑造一位名叫拉赫美托夫的"新人"形象。这是一个职业革命家的典型人物。在服苦役期间,车尔尼雪夫斯基还写作了长篇小说《序幕》(1867—1869,第一部于1877年在伦敦出版)。作品描绘了农奴制改革前夕的俄国社会的尖锐矛盾。

第七讲　让俄罗斯文学走向欧洲的屠格涅夫

一、通晓欧洲古今文学的文化人

伊万·谢尔盖耶维奇·屠格涅夫（1818—1883）是俄国19世纪批判现实主义的代表作家。因为屠格涅夫与西欧文学界有广泛联系，在19世纪后半叶，屠格涅夫的名字几乎被等同于俄罗斯文学，但是，屠格涅夫并不只独善其身，而是不断地把同时代的俄罗斯文学家无私地介绍给西欧，他也把西欧最新的文学成果带回给俄国。屠格涅夫出生于奥廖尔省一个贵族家庭。自幼目睹母亲专横任性、虐待农奴的暴行，开始对农奴制产生厌恶，后来他立下誓言，表示决不同农奴制妥协。1833年他进入莫斯科大学语言系，一年后转入彼得堡大学哲学系，1837年毕业。1838—1841年在柏林大学学习古希腊、古罗马文学史。在这期间，同巴枯宁和尼·斯坦凯维奇接近。回国后在内务部供职两年。1842年年底认识别林斯基，不久又同别林斯基周围的作家们交往，基本接受西欧派思想，沿此思想倾向开始文学活动。他与别林斯基结成至交，受后者熏陶，接受了反农奴制和反斯拉夫主义的民主主义，基本上确定了自由派中的西欧派偏向民主派的思想倾向，在他后来的文学创作中，基本保持了这一倾向，因此，屠格涅夫的创作属于批判现实主义阵营，但是，与激进的革命民主主义还有一段距离。1847年年初，屠格涅夫陪同别林斯基出国旅行，曾与别林斯基一同住在萨尔斯堡，病中的别林斯基对屠格涅夫有深深的影响。《猎人笔记》中的几篇特写，就是在别林斯基的直接影响下构建的，初步形成了一部包含了二十余部"笔记"的总体规划。1848年，欧洲爆发革命，屠格涅夫在巴黎，成了一个切身观察工人起义的观察者，并且和赫尔岑、奥加洛夫密切交往。1847年开始，屠格涅夫在《现代人》杂志上陆续刊出以"猎人笔记"为系列标题的随笔小说。小说的反农奴制倾向触怒了沙皇政府。1852年，官方借口他违反禁令发表悼念果戈理的文字，把他拘留一个月，并遣回原籍，迫使他在警察监视下，在自己的庄园斯帕斯克村居住了一年半。但他在彼得堡的拘留所里又写了揭露农奴制的中篇小说《木木》，其中残暴的女地主形象就是以他母亲为原型的。这一段时间，他时而在俄罗斯，时而出国，《猎人笔记》的大部分作品是在德国写的。

屠格涅夫从1847年起为《现代人》杂志撰稿，一直到1860年止，共14年，1850—1856年，他与《现代人》联系最密切，此后，在农奴制改革前夕，屠格涅夫渐渐同《现代人》疏远，主要是与革命民主主义者车尔尼雪夫斯基等人的意见不合。屠格涅夫主张"自上而下的改革"，不赞成革命。1861年，沙皇亚历山大二世颁布解放农奴制的法令，俄国社会出现高涨的革命热情，这反而成了屠格涅夫思想和创作发展的分水岭，正是这时他同《现代人》公开决裂。年底，身在国外的屠格涅夫被指控同逃亡伦敦的革命鼓动者有牵连。结果成为著名的"32人事件"的涉案人。这是19世纪中期的一场著名官司，从1862年一直审理到1865年。涉案人员，有的被流放，有的被没收财产，有的被驱逐国外，有的无罪释放，屠格涅夫被判无罪。苏联解体后，关于屠格涅夫是否有涉此案，又成为一个争议问题，其实，今人的争议仍是保守派、自由派和民主派思想争论的继续，至今，各派还在争夺屠格涅夫。各派都想把屠格涅夫当作自己阵营的旗帜。而当年屠格涅夫与《现代人》的决裂的多重原因中，应考虑他当时"重案在身"，革命民主主义批评家认定他的作品具有革命性，难免被当作"罪证"，而此时的屠格涅夫绝不想被流放。从1863年起，屠格涅夫同波里娜·维亚尔多一家住在德国的巴登-巴登。维亚尔多是法国著名歌唱家，1843年随意大利歌剧团到彼得堡演出，与屠格涅夫相识，以后成为终身密友。屠格涅夫多次出国，侨居国外都同她有关，维亚尔多也在屠格涅夫的创作中留下深深的烙印。1871年普法战争后，他同维亚尔多一家迁居巴黎，直到逝世。在这里，他同法国著名作家福楼拜、龚古尔、左拉、都德以及莫泊桑密切交往，参加了在巴黎举行的"国际文学大会"，被选为副主席（主席为维克多·雨果）。同时通过自己的翻译和介绍，对俄罗斯文学和欧洲文学的沟通交流起到了桥梁作用，促进了俄国文学在西欧和美洲的广泛传播。屠格涅夫生前就已享誉国际文坛，是俄国文学史上最早受到欧美重视的作家。他的创作技巧和心理分析艺术，对西欧和北欧作家颇有影响。作为富裕贵族的财产继承人，屠格涅夫经济充足，行动自由，经常穿梭在西欧和俄罗斯之间，最后也是最久的一次回国是1880年至1881年。1882年屠格涅夫患恶性肿瘤，次年9月3日病逝于巴黎。遵照他的遗嘱，遗体运回祖国，安葬在彼得堡沃尔科夫公墓。

二、"猎人"的成功

屠格涅夫早在大学时代就创作了浪漫主义诗歌，1834年发表诗剧《斯杰诺》，1843年发表的叙事诗《巴拉莎》表现出现实主义倾向，为别林斯基所赞许，屠格涅夫在文学界开始崭露头角。1844年发表了中篇小说《安德烈·柯洛索夫》。此后的叙事诗《地主》（1846）和中篇小说《彼土什科夫》（1848），则使人明显地感觉到果戈理和自然派对他的影响。屠格涅夫真正的成名作是特写集《猎人笔记》（1847—1852）。这部作品的主题是农奴制下的农民同地主的关系。当时的进步思想界称它是对农奴制的"一阵猛烈炮火"，是一部"点燃火种的书"。《猎人笔记》标志着屠格涅夫完成了向现实主义的转变。

1847年《现代人》第一期的"杂记"栏里，刊登了屠格涅夫的特写《霍尔和卡里内奇》，题目后面有一条附注："选自《猎人笔记》。"这篇特写获得极大的成功，从而推动屠格涅夫继续写出了一组"猎人"的故事。1848—1851年，《现代人》又陆续登出了他的20篇故事。1852年，《猎人笔记》单行本出版，而最后的定本（1880年版）一共包括25篇故事。

《猎人笔记》全篇并没有统一的情节，都是一个猎人漫游俄罗斯中部地区的一些偶然的会见和插曲，但是，《猎人笔记》各篇被一个思想连结在一起，表现地主、农奴主和农奴的面貌。全书以俄罗斯中部的山川风物作背景，广泛描绘了农奴村落和庄园里的农民与地主的日常生活，以圆熟的现实主义艺术手法刻画了一系列农民和地主形象。

在《猎人笔记》中,屠格涅夫以深厚的人道主义,在诗意盎然的俄罗斯大自然的背景上,表现了俄国农民的民族特征、精神品质和才华,如《霍尔和卡里内奇》《歌手》《白净草原》;描写他们在农奴制下贫困无助、备受侮辱和压榨的境况,如《事务所》《莓泉》《活尸首》;揭露地主的假仁慈和凶残本性,如《总管》中地主宾诺奇金。

《猎人笔记》鞭挞了改革前俄罗斯农奴制度,有很高的社会历史意义,而它的"笔记"风格,虚构情节中的非虚构叙事,更有永恒的艺术价值。屠格涅夫的文笔,舒展大气,朴质纯净,始终控制着激情,总体上采用叙述调,然而用词精准,刻画细腻,所以小说具有一种深层的生动。屠格涅夫朴素地描写农村生活,在平淡的日常现象中显露诗意,语言有一种内在的抒情力量。如最后一篇"笔记"特写,结构上恰似全书的一个总结,屠格涅夫向读者展开了一幅广阔的风景画。这里的景物弥漫着蓬勃的青春朝气,扑面而来的是一种清新感。

三、六部长篇小说,六座历史里程碑

屠格涅夫在文学上最重要的贡献是他的长篇小说。他从1856年开始到1877年,连续创作了六部长篇小说,每一部出版都引起轰动,俄罗斯和西欧的读者都喜欢读屠格涅夫的长篇小说。屠格涅夫很会讲故事,俄罗斯式的生活场景、俄罗斯贵族的风俗、俄罗斯女性的美丽外表和美丽的心灵,都被屠格涅夫非常戏剧化地展现出来，六部长篇，好像是"多联剧"，展示了屠格涅夫的文学表现力，屠格涅夫的文学之名被这六部长篇小说——《罗亭》(1856)、《贵族之家》(1859)、《前夜》(1860)、《父与子》(1862)、《烟》(1867)、《处女地》(1877)推向顶峰。

六部小说更大的价值在于它们与19世纪俄罗斯当代史"同频共振"。屠格涅夫是一个文化型的作家，谙熟古希腊古罗马的历史、哲学、文化，密切参与西欧当代文化活动，组织情节、语言技巧自然高超；而俄罗斯的政治思想论争、尼古拉一世的政治、亚历山大二世的改革，让每一个文化人都不得不面对社会纷争，与批判思想尖锐的别林斯基、赫尔岑等人接触，屠格涅夫对时代的纷争也带有强烈的批判精神，思想也格外敏感尖锐。时代在巨变，屠格涅夫敏锐地看到这场巨变是两大阶层在变，贵族阶层正在没落，平民阶层正在成为社会主力。屠格涅夫把握时代的脉搏，敏锐地发现新的重大社会现象，19世纪50—70年代，俄国社会运动从以贵族为主场过渡到平民知识分子登台。俄罗斯的历史已经从"贵族时期"过渡到"平民知识分子时期"。屠格涅夫的注意力适时地集中在贵族知识分子和平民知识分子的生活和命运上。

《罗亭》的男主人公罗亭是俄罗斯文学中继奥涅金、毕巧林之后又一个著名的"多余人"形象。相比之下，罗亭有更多积极的内在精神，他是一个小贵族，不荒废，不懒惰，善于学习，追求知识。所以，每当罗亭发声，都与众不同，特别是自由派的思考，浪漫的理想，激情洋溢的语言，更让他的形象别具一格，屠格涅夫非常合理地让他的男主人公获得了17岁的姑娘娜达丽亚的喜爱，特别合情合理地唤醒青春女性的爱情。但是，当罗亭作为自由精神导师唤醒他的"女学生"娜达丽亚的情感之后，"女学生"冲破世俗观念大胆主动地向精神导师表达爱情,甚至想与其私奔的时候,罗亭却"吓"跑了。罗亭语言上的强大,行动上的懦弱,使这部小说的爱情故事终成无奈的悲剧。罗亭的"逃走"使他成了一个"语言上的巨人,行动上的矮子"。《罗亭》的爱情故事,仅仅是一个主线,它是在俄罗斯乡下一个十分丰富的社会里展开的,主线之外,人物繁多,乡下贵妇、农舍穷人、家庭教师、"亚细亚东方"的食客来乡下度夏的、开放的城里女贵族,不同层次、不同品行的众多人物构成一幅俄罗斯风俗画。描写这些风俗是屠格涅夫的长项,让这些风俗场景带有强烈的时代特征,使其成为主人公活动其中的典型环境,则是屠格涅夫的卓越才华。

《贵族之家》结构严谨,情节紧凑,诗意洋溢,在艺术上有独到之处,男主人公拉夫列茨基也被列于"多余人"系列之内。

如果说在前两部长篇中,屠格涅夫是哀叹俄罗斯贵族的懦弱,引发问题,却又无力解决问题,从而表现了俄罗斯贵族中优秀分子的局限。那么在《前夜》中,他已把目光转向了新兴的平民知识分子。

《前夜》的女主人公叶琳娜超越俄罗斯小说的女性形象,是一个积极、主动、大胆的俄罗斯姑娘,这个女性体现了当时俄国社会的精神觉醒和争取自由、争取解放的渴望。她所钟情的平民知识分子英沙罗夫则是当时俄国所需要的"新人",是自觉的英雄人物。英沙罗夫敢于迎接挑战,敢于迎接暴风雨。英沙罗夫体现了平民知识分子的果断和行动力,让俄罗斯读者遗憾的是,这位英沙罗夫是一位保加利亚青年。实际上,屠格涅夫又触及了一个敏感话题,19世纪,巴尔干半岛一直处于沙皇帝国和土耳其的争夺中,英沙罗夫是一个立志解放保加利亚的青年人,他所针对的压迫者是土耳其。俄国姑娘叶琳娜爱上这样的反抗者,毅然嫁给英沙罗夫,新婚丈夫赶回保加利亚实现解放祖国的理想,叶琳娜则离开祖国,赶赴他乡。屠格涅夫让英沙罗夫突然死在回国的路上,而叶琳娜仍然赶往保加利亚,似乎是要继承新婚丈夫的遗志。这样的设计自然引发争论。争论要点是:既然是"前夜",那么,它是保加利亚革命的前夜,还是俄罗斯革命的前夜?既然是"前夜",真正的"白天"何时能到来?第二个问题是,《现代人》批评家杜勃罗留波夫一篇文章的标题认为,俄罗斯的"白天"马上就会到来。作家屠格涅夫反对批评家文中的观点,从而引发与《现代人》杂志的决裂。

《父与子》发表在1862年《俄罗斯导报》上,体现了屠格涅夫与激进的《现代人》杂志分道扬镳的态度。但是,此时的《俄罗斯导报》也是自由派略偏民主派的倾向。《父与子》展示了当下俄罗斯两代人的冲突。子辈中出现了"新人","新人"展示了种种内在外在的新特点,而围绕着这个"新人",则展示了俄罗斯各层次的人面对"新人"的态度。这个"新人"就是巴扎罗夫,他是一个"虚无主义者"。

屠格涅夫丰富的文化知识让他对欧洲和俄罗斯最新的思想文化动态极为敏感,他会在小说中,通过相关人物的嘴,说出一个当下最时尚的词。《前夜》中,有"唯物主义者",《父与子》是"虚无主义者",在19世纪50年代,"虚无主义者"等同于"唯物主义者",到了80年代,"虚无主义者"变成了"革命党"的代名词。屠格涅夫的《父与子》精准地记录了这个词的演化过程,更生动地留下了"唯物主义者""虚无主义者"的性格风貌,以及这个"新人"所掀起的舆论纷扰。

《父与子》的场景还是设计在外省,三个乡村,一个省城。小说开篇，父辈贵族焦急等待大学毕业的儿子阿尔卡迪回家。很快子辈阿尔卡迪和同学巴扎罗夫一同回到乡下。阿尔卡迪在向父亲和叔叔等家人介绍同学巴扎罗夫的时候，有点炫耀地提到，这是一个"虚无主义者"，结果，惊吓了乡下的"父辈"。

"虚无主义者"巴扎罗夫坚强、沉着、自信，重视实际行动，专心科学实验。这一人物形象可以说是19世纪60年代俄国民主启蒙时期否定精神的一个很有特性的表达者："我们认为有利，我们便据此行动……现时最有用的是否定，因此我们也去否定。"他不仅否定艺术、诗歌，而且否定日常生活中"公认的法则"，即现存的制度。读者显然会想到俄国的专制农奴制。屠格涅夫善于捕捉19世纪60年代生活中主要的、先进思想的萌芽，他抓住了社会最新出现的一种人——虚无主义者。

同学阿尔卡迪对巴扎罗夫几近崇拜的态度代表了都城知识阶层对虚无主义的赞扬态度，这是对"唯物主义者""民主主义者"、"启蒙主义者"的赞誉。

阿尔卡迪的父亲尼古拉是一个温和的老派贵族，生活平庸，没有思想，特别是为人随和，而且满腹父爱，儿子喜欢什么，崇拜什么就跟着喜欢什么，敬重什么。

阿尔卡迪和巴扎罗夫来到省城遇到美丽的贵妇人奥佳佐娃。奥佳佐娃对巴扎罗夫非常欣赏，但是，当巴扎罗夫向奥佳佐娃表达爱意的时候，女贵族奥佳佐娃又矜持地拒绝了巴扎罗夫。小说中，奥佳佐娃的感情十分复杂，巴扎罗夫的"新人性格"显然唤起了她的美好欲望，但是，巴扎罗夫的平民身份又让她保持着距离。

阿尔卡迪的叔叔，退役军人巴威尔是典型的保守派，当听说巴扎罗夫是虚无主义者的时候，立刻对巴扎罗夫持明确的否定态度，他半观察、半警惕、半监视,发现巴扎罗夫对哥哥的小妇人动手动脚,就跳出来要求决斗。

小说中,那些仆人们对巴扎罗夫的机智、幽默、待人友善的风格却有天然的好感。

决斗中,高傲的军人巴威尔受伤,这似乎是屠格涅夫的一种隐喻。

巴扎罗夫回到自己的平民家里,帮助父亲一起给乡亲们治病。在解剖一个伤寒病人的尸体的时候不幸感染,不久死去。

这可能又是屠格涅夫的一个隐喻,崇尚启蒙、崇尚科学、崇尚唯物主义的"虚无主义者"因一场并无实际意义的科学实验而死亡。这又展示了屠格涅夫对"新人"的复杂思想。巴扎罗夫缺乏完整的社会思想体系,他"否定一切",但是没有建设。巴扎罗夫说,建设"不是我们的事","首先要把地面打扫干净"①,这是屠格涅夫理解的"虚无主义"。但是,屠格涅夫深受西欧启蒙主义的影响,对德国哲学的否定精神高度认同,所以,在"虚无主义"巴扎罗夫身上体现的是民主主义者的革命精神,屠格涅夫肯定民主主义者所持的否定一切的时代精神,但是,又不能完全赞同对父辈的彻底颠覆。父辈中,有像阿尔卡迪父亲那样敦厚的1812年卫国战争贵族英雄的后代,有巴扎罗夫父亲那样脚踏实地工作的平民。父辈们身上有社会生活造成的弱点和历史局限性,但他们也有对美的敏感,他们懂得诗、爱艺术、爱一切有价值的文化遗产。子辈们刚毅、果断,敢爱敢恨,面对贵族,不卑微屈膝,反而略带蔑视。这

---

① 〔俄〕屠格涅夫:《前夜/父与子》,陆肇明、石枕川译,译林出版社1999年版,第199页。

是屠格涅夫赞誉的"否定"的锐气,屠格涅夫本人就是一个"西欧派"。但是,为了"真实",屠格涅夫又客观地写出了平民知识分子的缺点:对美的冷漠,说话直率,动作粗鲁,语气傲慢。如果这些是巴扎罗夫故意而为,那么,这些贬义的描绘也许是屠格涅夫的一种反语。

小说引起了不同阵营的激烈争论。民主刊物纷纷谴责作者诽谤年青的一代,只有赫尔岑和皮萨列夫对这个主人公做了比较肯定的评价。随着历史的进程,巴扎罗夫的形象变得越来越复杂,当代人论及屠格涅夫这篇小说的时候依然在不断争论,可见,屠格涅夫确实成功地展示了俄罗斯民族意识和俄国社会发展的时代特点和超越时代的典型性。

在艺术上,《父与子》与《罗亭》《贵族之家》不同,抒情气氛和风景描写都比较少。

在农奴制改革后,俄罗斯状况没有得到根本改善,各派思想都不甚满意。俄罗斯遇到了更深刻的问题——专制的帝国,社会各层都普遍失望,屠格涅夫的思想发生危机。在1867年的长篇小说《烟》中,屠格涅夫把社会政治运动比作一团轻烟,认为到头来只是一场虚空。小说里既有对贵族反动分子的揭露,也有对流亡国外的俄国革命者的歪曲。此后,屠格涅夫的创作明显转入低潮,他抛弃了尖锐的社会题材,遁入艺术和美的世界。

1877年,屠格涅夫写出《处女地》。这是他的最后一部长篇小说。他对喊出"到民间"的革命民粹派的自我牺牲激情表示敬意。这部小说真实再现了俄罗斯自由派的转向。

屠格涅夫的长篇小说本质上属于社会问题小说,但是,又总是编织出一段曲折的爱情故事。作为社会问题小说,屠格涅夫主要是客观展示社会问题,并且能够揭示社会发展的方向,但是,屠格涅夫并没有提出一套解决社会问题的方案,这一点与车尔尼雪夫斯基的《怎么办》、陀思妥耶夫斯基的《罪与罚》等小说有很大差异。作为爱情小说,屠格涅夫笔下主人公的爱情很少圆满,这一点倒是与很多作家相似。但是,不能把屠格涅夫的长篇小说类型化,每一部小说叙事都有很大的丰富性,不能一言以蔽之。

除了六部长篇小说外,屠格涅夫还创作了大量的中、短篇小说。《阿霞》《初恋》《春潮》等都是屠格涅夫中篇小说的优秀典范。在丰富多彩、情景交融的大自然背景里,这些作品充满着哲学性的沉思和忧伤的调子。

四、一位阅世老者的散文诗

屠格涅夫晚期的主要作品是《散文诗》(1878—1882),82篇散文诗是屠格涅夫一生创作的最后一个里程碑。如果说普希金的作品第一次体现出俄罗斯散文语言的简洁的美,那么屠格涅夫则在其基础上更上一层楼,将散文与诗结合,使俄罗斯散文语言更简洁,更准确,也更优美。这是屠格涅夫留给后世的一份宝贵的文化遗产。这些散文诗篇幅都不长,译成中文后,最长的也不过一千五百多个汉字,最短的不过两三行,看似平淡实则饱含深意,是一位文学老人炉火纯青的文字表达,是感情真挚,充满哲理的诗篇,因而总会拨动读者的心弦。

《散文诗》题材多种多样,有对俄罗斯农村田园诗般的特写式描绘,如《乡村》;有对死亡的思考,如《老妇》;有对社会丑恶现象的批判与控诉,如《得意的人》;有对文坛丑陋现象的抨击与嘲讽,如《两首十四行诗》;有对劳动人民的赞美与同情,如《二富豪》;有对生命、美与爱的情不自禁的颂扬,如《访问》;也有表现爱国主义的颂歌,如《门槛》《俄罗斯语言》……当然,《散文诗》始终贯穿着一位老人的"沉重的叹息"与"深沉的智慧"。屠格涅夫在《高脚杯》一篇中透露了他创作的真实情绪与追求:"我的忧郁是实实在在的,我的确生活得很艰难,我的感情是痛苦的,凄凉的,可是,同时我又极力给它们涂一层明亮的和美丽的色彩,我寻找形象和比喻;我力求我的文句完整精练,以语言的响亮与和谐聊以自慰。"[1]

因内容的不同,《散文诗》在风格上呈现出绚丽多姿的图景。可以说,在82篇散文诗中,屠格涅夫以他特有的简洁、凝练、坦诚、优美的文笔,运用拟人、象征等手法,将其一生的创作活动中要表达的思想和感情、热爱和悔恨,说完的和没有说完的,悉数放在这些简短的散文诗中,奏响了一曲动人的心灵之歌。细细品味,"总有那么一篇会向你的心头放上一点东西"。[2]

屠格涅夫创作了优秀的剧本《食客》《乡村一月》等。他说过:"准确而有力地表现真实和生活实况,才是作家的最大幸福,即使这真实同他个人的喜爱并不符合。"[3]他始终忠于这个现实主义原则,有时甚至能超出贵族自由主义立场的局限。他虽然长期侨居

---

[1] 《屠格涅夫文集》第6卷(散文诗 文论 回忆录),巴金、卢永译,人民文学出版社2001年版,第75页。
[2] 《屠格涅夫全集》第10卷(抒情诗 长诗 散文诗),力冈译,河北教育出版社2000年版,第282页。
[3] 《屠格涅夫文集》第6卷,巴金、卢永译,第341页。

国外，却能迅速及时地反映俄国社会现象。他的全部创作几乎成了19世纪40—70年代的俄国社会生活的编年史。他是一位有独特艺术风格的作家，既擅长细腻的心理描写，又长于抒情。他的小说作品结构严谨，情节紧凑，人物形象生动，尤其擅于细致雕琢女性艺术形象。他对旖旎的大自然的描写也充满诗情画意，其忧郁气质又使作品带有一种淡淡的哀愁。他对俄国文学中的现实主义，尤其是对长篇小说的发展产生过巨大的影响。他是位真正的语言艺术家，他的语言风格简洁、朴素、细腻、清新，富有抒情味，对俄罗斯语言规范化做出了重大的贡献。

第八讲　让俄罗斯文学走向世界文学巅峰的陀思妥耶夫斯基

一、现实主义文学的巅峰和现代主义的鼻祖

费奥多尔·米哈依洛维奇·陀思妥耶夫斯基（1821—1881）是与屠格涅夫、托尔斯泰齐名的俄国现实主义文学代表，又被许多人看成西方现代派的鼻祖，2021年，在他200周年诞辰之际，他又被尊崇为俄罗斯文学的最高代表、世界文学的巅峰。

陀思妥耶夫斯基生于彼得堡一个医生家庭。父亲出身平民，1928年获得贵族称号，随后在图拉省购置了一个庄园。这个性格暴躁的地主和农民的关系非常紧张，1839年夏天，被农民打死，弃尸田垄。另有说法是陀思妥耶夫斯基的父亲酒后失足而死，还有一种说法，说是邻居为了争夺土地而陷害这位莫斯科的医生。

陀思妥耶夫斯基自幼喜爱文学，1834—1837年在莫斯科一家私立寄宿中学读书时，就阅读了大量文学作品。1838年他按照父亲的意愿进入彼得堡军事工程学院，但是他依然醉心文学。1843年毕业，被分配到彼得堡工程兵团工程局绘图处工作，尽管绘图也让他痴迷，但是还是抵挡不住文学的诱惑，1844年，陀思妥耶夫斯基辞去工作，专心写作。

1844年，陀思妥耶夫斯基翻译了巴尔扎克的《欧也妮·葛朗

台》，1845年写出第一部小说《穷人》。小说继承发展了普希金《驿站长》和果戈理《外套》中写"小人物"的传统，用书信体写出年纪不轻的小公务员马卡尔·杰武什金和穷姑娘瓦尔瓦拉·陀勃罗谢洛娃相爱、相怜、相依为命的故事，最后，姑娘嫁给一个有钱人，马卡尔一边为瓦尔瓦拉的嫁妆而满城奔走，一边又因要与可爱的姑娘永远分离而呼天抢地，痛苦万分。陀思妥耶夫斯基在他们的通信中，呈现了他们的生活状况。他们住的是都城彼得堡的核心区域，但是，他们所居的是廉价出租房，有钱的人租大房间，一般的人租小房间，而马卡尔只能租公用厅房的一个角落，即便如此，马卡尔还时时拖欠房租。陀思妥耶夫斯基笔下充分展示了这种几近贫民窟的都市"内脏"，呈现了俄罗斯帝国都城的另一面。《穷人》的出版是俄罗斯文学史的一段传奇故事。格里戈罗维奇、涅克拉索夫、别林斯基高度赞扬《穷人》，立刻决定将其编辑到《彼得堡文集》当中，并且放到第一个位置刊发。《彼得堡文集》是涅克拉索夫1843年开始编辑的系列"彼得堡集刊"的延续，此前曾有《彼得堡生理学》，涅克拉索夫在为《彼得堡生理学》所写的书评中，宣称要以"生理学"的态度展示从钥匙锁孔看到的真实景象。《穷人》完全符合这个编辑旨意。《穷人》中马卡尔在信里向自己的通讯对象——可怜的姑娘瓦尔瓦拉一一介绍自己的出租房的房客，这事实上是向世界展示彼得堡城内的一间间锁孔里看到的真实景象。在"9月5日"的信中，陀思妥耶夫斯基让自己的主人公在彼得堡大街的两条主要街道——枫丹街和果洛霍瓦亚街闲逛，同时呈现了这两条大街的富贵和街角的贫穷。《彼得堡文集》出版，再度引起批评界的热议。有人把《彼得堡生理学》和《彼得堡文集》所展示的倾向称为"自然派"。

二、《穷人》：陀思妥耶夫斯基小说的范式

《穷人》对陀思妥耶夫斯基来说具有范式的意义。第一，彼得堡合租公寓的"小人物"成为陀思妥耶夫斯基以后众多作品反复出现的形象。第二，彼得堡的真实图景是陀思妥耶夫斯基"写生"的对象，小说中的街道、房屋是现实彼得堡的真实存在，读陀思妥耶夫斯基的小说，可以确切定位在某一条街。陀思妥耶夫斯基无意于虚构城市环境，完全用"写生"的态度描绘彼得堡。他后来创作的作品的主要场景，有的也设定在外省，但是，创作笔法同样是"写生"的。第三，情节的合理性不是陀思妥耶夫斯基追求的目标。涅克拉索夫编辑四种"彼得堡集刊"，主体风格是讽刺和戏谑，如同果戈理的《鼻子》。《穷人》中，老者马卡尔对少女瓦尔瓦拉的爱是畸形的；书信的日期和书信里提及的天气温度是不匹配的；瓦尔瓦拉的出嫁也是没有理由的。这些人物的确如巴赫金所言，都是一种思想的代表，准确地说，他们是某一个角落的代表，某一种心理的代表。第四，语言上形成了一种絮烦、呓语、卑微的叙事风格。这种风格中同时又可以听到尊严、深刻、尖锐的声音，这似乎就是所谓"复调"了。第五，《穷人》处处可见陀思妥耶夫斯基对其他作品的戏仿。《穷人》中，一个不懂文学的老公务员，竟有几封信专门谈文学，涉及普希金的《驿站长》、果戈理的《外套》；小说的标题，明显是对卡拉姆辛《可怜的丽莎》的戏仿；书信体的形式又是对《少年维特之烦恼》的戏仿。陀思妥耶夫斯基的作品题材大多是悲情的、沉重的、可怜的，被侮辱与被损害的，但是，语言风格是

严肃中有戏谑，庄重中有自嘲，正襟危坐中有讥讽，这是继承了果戈理的风格，但是色彩偏暗。

1846年，作家发表了《同貌人》（又译《双重人格》）。主人公高略德金是一个小小股长，屈辱、胆小、战战兢兢、循规蹈矩，唯恐人家把他当成"抹布"一样的废物，但是他在内心深处不断思考，得出结论，认为自己的屈辱地位正是他战战兢兢、循规蹈矩的结果，如果他也能溜须拍马、见风使舵、欺上瞒下、心狠手辣……他也能步步高升，于是在高略德金的心中渐渐生出一个"同貌人"，这是一个野心勃勃的家伙，投机取巧、卑鄙无耻。高略德金知道他极端的恶，但是，又在心底把他看成"理想"。最后，高略德金人格分裂。小说显示了陀思妥耶夫斯基日后深入挖掘扭曲灵魂、探索变态人格、揭示心灵隐秘的功力。

在19世纪40年代，陀思妥耶夫斯基陆续写出《女房东》（1847）、《白夜》（1848）、《脆弱的心》（1848）等几部中篇小说，进一步展示了他以朴素的现实主义表现俄国生活的能力和深入人性最底层的才能。

三、死刑犯、苦役犯以及流放犯

在彼得堡，陀思妥耶夫斯基曾与涅克拉索夫、别林斯基过往甚密，"狂热地接受了"别林斯基的"全部学说"。但是，后来他与别林斯基分歧日益加剧，乃至关系破裂。别林斯基认为，陀思妥耶夫斯基后来的小说流露出神秘色彩、病态心理以及为疯狂而写疯狂的倾向，这种"幻想情调"使小说脱离了当时的进步文学。陀思妥

第八讲 让俄罗斯文学走向世界文学巅峰的陀思妥耶夫斯基

耶夫斯基则醉心于空想社会主义。

从1847年开始,陀思妥耶夫斯基参加了彼得拉舍夫斯基小组的活动。这是一个倾向于革命民主主义的团体,主要活动是传播圣西门、傅立叶的空想社会主义,在当时的俄罗斯思想争论中有一定影响力。1849年4月,彼得拉舍夫斯基小组被沙皇当局查办,小组成员一起被逮捕。同年11月,陀思妥耶夫斯基作为主要案犯被判处死刑。12月22日,在彼得堡谢苗诺夫校场行刑,在最后时刻,突然宣布赦免,改为苦役。1849年,陀思妥耶夫斯基被流放到西伯利亚。1854年,服刑期满,他被编入西伯利亚边防军当兵。1856年升为准尉,1857年恢复贵族身份,同年结婚。这场婚姻给作家带来的是更多的苦恼。陀思妥耶夫斯基迎娶的是一个寡妇,身体多病,心地善良却被生活扭曲而变得乖戾。陀思妥耶夫斯基在她身上体验到人性更为深层的复杂性。1859年,陀思妥耶夫斯基获准迁居莫斯科和彼得堡之间的特维尔市,同年年底返回彼得堡。十年的流放生活对作家心灵影响极大。长期脱离文化中心,使他精神极度沮丧;同苦役犯在一起,悲观情绪更甚;五花八门的案例,大多都是匪夷所思,非人之所为,所有这些都让陀思妥耶夫斯基本人的人格发生极大扭曲。但是,作为一个文化人,这又是一个难得的经历,陀思妥耶夫斯基在流放期间的观察体验是他日后创作独有的源泉。苦役生活也让陀思妥耶夫斯基的政治观点发生巨变,他更深刻地看到贵族与平民之间的鸿沟,看到社会矛盾仅以一种"主义"根本无法解决,早年的空想社会主义理想渐渐失色,他开始从心灵的信仰寻找出路,宗教的思考越来越占上风,以至于质疑革命而认定只有基督精神可以拯救人类。如此,陀思妥耶夫斯基的思想又与斯拉夫主义倾向类似。

陀思妥耶夫斯基回到彼得堡后，继续从事文学创作。写作重点更加偏向心理分析。《被侮辱与被损害的》（1861）是作家回到彼得堡后发表的第一部长篇小说，依然以"小人物"为主题。伊赫梅涅夫和史密斯（俄语发音是斯密特）两家人的悲剧构成了小说的主要内容，而造成悲剧的是公爵瓦尔科夫斯基。当年，瓦尔科夫斯基引诱了小工厂主、外国侨民史密斯的女儿，拐骗了史密斯的全部财产，然后又把她遗弃，使史密斯家破人亡。瓦尔科夫斯基的儿子阿辽沙与管家伊赫梅涅夫的女儿娜塔莎相爱。瓦尔科夫斯基为撮合儿子与富家女卡佳结婚，蓄意诬陷伊赫梅涅夫，让娜塔莎丧失名誉，诱导阿辽沙变心。作者说："这是一个阴森可怖的故事。"的确，瓦尔科夫斯基的罪恶已经到了令人发指的程度。然而，正是在彼得堡阴暗的天空下，这样的恶棍胡作非为，得心应手，善良的人只能听任命运摆布。小说用一个叫"万尼亚"的年轻作家做第一人称的叙述，串联起三家人的恩恩怨怨，情节上有许多巧合。作家似乎并不在意这种略显做作的编造，目的只为突出"恶"的广度和深度。小说运用一种绵绵不断、时强时弱的叙述语调，创造了新的语言风格。

《死屋手记》（1861—1862）记载了作者对苦役生活的切身感受。小说用流放犯戈梁奇科夫出狱后追记的叙述方式，以纪实性笔法，控诉了苦役制对犯人肉体的、精神的惨无人道的摧残，无情地揭露了沙皇俄国的黑暗统治。小说也描写了各种苦役犯在牢狱中的表现，有的保持了人格的尊严，有的被罪恶折磨得丧失了人性。全书由回忆、特写、随笔等不同的文体组成，显得格外真实。这部作品在世界文学史上第一次展示了人间地狱的真实图景，具有特殊意义。

1864年，陀思妥耶夫斯基还写了一部中篇小说《地下室手记》，主人公是一个生活在半地下室的八品文官，四十多岁，因为得到一笔遗产，便提前退休，贫穷而孤独地蛰居在地下室里。他从地下室半明半暗的窗栏杆夹缝中，看着街上走来走去的人腿，心中却翻滚着痛苦、屈辱、怨恨、苦恼，各种不同的心情。他对世界强烈不满，但又无力改变自己的命运，便在内心生出否定一切社会理想、否定一切道德原则，任凭世界腐烂，只求自己满足的卑微愿望。小说的意义不在于情节故事，而在于作品通过主人公向社会提出的一系列问题，在于曝光主人公那种自我中心的阴暗心理，在于批判主人公的自甘卑微，自甘卑鄙、自甘龌龊的世界观。

四、被视为世界文学巅峰的《罪与罚》

《罪与罚》（1866）是一部使作者获得世界声誉的重要作品。19世纪的俄罗斯，民主运动激荡起伏，陀思妥耶夫斯基的思想也十分复杂。他早年接近过革命民主主义阵营，一贯坚持人道主义，因此他始终坚持揭露俄国社会的黑暗，批判俄国社会不公的批判现实主义方向；同时，他又受到某些保守思想、宗教思想的影响，主张不用暴力革命方式解决俄国社会问题。在回答"谁之罪"问题上，他非常明确地把矛头指向专制制度，而在回答"罪如何罚"的问题上，却把希望寄托在良心发现上，寄托在宗教启迪上。这种思想上的复杂性和矛盾性是陀思妥耶夫斯基作品的基本特征。

《罪与罚》是俄国批判现实主义文学最优秀的作品之一。它对人性的痛切揭示十分深刻，使它成为后来现代派作家学习的经典。

小说的情节紧紧围绕着主人公拉斯柯尔尼科夫"贫困—杀人—惩罚"这一线索展开。不过,"罪"的描写在整个小说中所占篇幅只在前七分之一左右,犯罪场面写得血淋淋,细节毕现。但是,作家并不着意讲述一个恐怖故事,而是要揭示更深刻的思想。《罪与罚》描绘了19世纪中期俄国都市的可怕的社会贫困,解释了贫富悬殊的社会事实。陀思妥耶夫斯基用故事,用故事中人的讨论,用故事主人公的内心思索,鲜明指出世界并非"贫非罪",贫困、贫富差距正是造成无辜的贫民毫无出路的生存状态的原因,是造成富人贪婪、穷人堕落、优秀青年铤而走险等社会罪恶的根本原因。小说也通过主人公从自觉杀人到精神崩溃的过程,批判了"超人"理论。小说在探讨罪与罚的问题上,提出唤醒良知、洗涤罪恶的方案,试图为危机四伏的世界找到一条道德忏悔的解救道路,并以此同当时整个欧洲兴起的革命思潮进行争论。

　　长篇小说《罪与罚》的主人公拉斯柯尔尼科夫是寄居在彼得堡一间破旧阁楼上的穷大学生。他学习法律,学业优秀,却常常陷入极端的贫穷之中。面对极其不公平的社会,他决定干"一件事",除掉高利贷者老太婆阿廖娜·伊凡诺夫娜。他精心准备这"一件事"。先到靠盘剥穷人为生的放高利贷的老太婆家里勘察地形,然后不断为自己将要做的那"一件事"寻找理论支持。他认为世界本来就是不公平的,要想成功,就得做一个敢于跨过别人的身体而前行的"超人"。他结识了索尼娅一家。索尼娅一家极度贫困,为了养家,为了弟弟看病,索尼娅被迫当街头妓女,如此悲惨遭遇,更坚定了拉斯柯尔尼科夫干"一件事"的欲念。他终于行动,杀了老太婆阿廖娜。拉斯柯尔尼科夫预先设计的行动计划,是单单杀死高利贷老太太,但是杀掉老太太之后,他发现阿廖娜的妹妹回到家里，目睹了杀人现场，拉斯柯尔尼科夫"只能"继续行凶，杀掉第二个人。杀人之后，拉斯柯尔尼科夫陷入更深的矛盾。流血的恐怖刺激他的良心，不断地与他的超人理论"争辩"。他一边用大学所学的反侦察知识对抗着法院侦察员对他的怀疑和侦查，一边用不公平的社会现实和超人理论对抗着良心。这种相互对抗，以至分裂的精神状态使他几度昏厥。拉斯柯尔尼科夫成功地打消了法院的怀疑，并且有人冒认了这个杀人罪行。拉斯柯尔尼科夫应该心安了，但是，他却陷入更大的危机。索尼娅遭到商人卢仁的陷害，拉斯柯尔尼科夫为之愤愤不平，潜意识里非常希望连遭厄运的索尼娅像他一样放弃对善的信仰，但是索尼娅依然坚定地相信着上帝，于是他的最后防线崩溃，他向索尼娅坦白了罪行。索尼娅鼓励他向所有人坦白，向上帝忏悔，然后自首。拉斯柯尔尼科夫在索尼娅的鼓励下，走出楼门，在干草市场中央跪下，向众人承认犯罪。最后，索尼娅陪伴拉斯柯尔尼科夫在西伯利亚服苦役，在一个清晨的阳光里，他们感受到了新生。

这部小说的标题是《罪与罚》，那么，什么是"罪"，什么是"罚"？

关于"罪"，作家以相当大篇幅写"罪"的动机和"罪"的准备。小说一开始就让主人公拉斯柯尔尼科夫心中悬起"那件事情（杀掉放高利贷的老太太）"的念头，这个念头时隐时现。对罪的胆怯，使他时而打消念头，但是，贫困的生活和触目皆是的社会不公、被逼的犯罪和冠冕堂皇的犯罪又不断推动和刺激这个动机，一点点鼓动着拉斯柯尔尼科夫。陀思妥耶夫斯基细致地描写了主人公作案前的动机，写出这种动机发展演变的一切细枝末节。其细致的程度，在文学史上是罕见的。也许由于作家具有切身的贫困经验和苦役经验，所以他对犯罪动机的描写非常深刻，使读者十分真切地感受到主人公情绪压抑、精神恍惚等各种心理状态。在种种动机的推动下，拉斯柯尔尼科夫终于抄起斧子杀死了贪婪无耻、盘剥别人的放高利贷的老太太。整整一章，作家细微地描写了拉斯柯尔尼科夫杀人的全过程，描写拉斯柯尔尼科夫如何洗刷斧子，如何遭遇高利贷家的访客，如何把斧子放回看门人房间的原来位置。一连串的残酷场面令人惊心动魄，在文学史上也是罕见的。由于作家以一种纯写实的笔法来写这些场面，所以效果格外逼真，甚至会引起读者的某种生理反应，让人恶心，让人惊魂难定。这既是现实主义的伟大笔法，又是后来现代主义文学专门刻画恶的风尚潮流的滥觞。

从拉斯柯尔尼科夫的动机发展来看，杀掉放高利贷者，不是罪，反而是向不公正的社会讨还公道的行为，是社会上优秀的"超人"大胆跨越社会"虱子"的英雄行为。但是，这究竟是不是罪，该不该惩罚？这个问题是这部小说讨论的重点。"罪"是全书的开头，仅占全书篇幅的一章，从第二章到第六章和尾声，作家写的全是"罚"。

关于"罚"，陀思妥耶夫斯基写了这样几个内容。

一、逃避惩罚。拉斯柯尔尼科夫杀人之后，很快被列为重要嫌疑犯，然而，这个学法律的大学生，一方面把罪证掩盖得干干净净，一方面利用反侦察的知识，与此案侦察员周旋，一次次度过险关，最后，案情突变，另有人自首，承认是此案的元凶。看来拉斯柯尔尼科夫完全可以逃脱罪责。然而，在他的心里，一个清晰的记忆不可能被抹掉：他犯下杀人罪，他自然明确知道自己是一个罪犯。

二、何为罚。拉斯柯尔尼科夫作案之后，凭自己的沉着，挨过最初的凶险；凭着冷静和细致，掩盖了一切罪迹；然后，凭法律大学生的反侦察知识，躲过了侦察员的漫长盘查，最后，他又凭运气，等来一个愿意为此案负责的自首者。至此，拉斯柯尔尼科夫已经脱掉干系，可以逍遥法外了。但是，他本人，无论从心灵，还是肉体，从未间断过"罪"的折磨。杀人是事实，永远抹不掉。杀人是不是罪？这是一个问题。拉斯柯尔尼科夫从未间断思考这个问题，被告知侦讯结束，但是提问没有停止。摆在拉斯柯尔尼科夫面前只有两条路：要么证明杀人是一种对抗不公平社会的合理行动；要么承认罪恶，接受惩罚。这种思考的折磨比侦察员的盘问要沉重得多。与侦察员周旋，甚至有一种"斗智"的愉快，而与心灵问题争论却让他精神崩溃。这时，对于拉斯柯尔尼科夫来说，罚已经开始。作家写他在法律上的成功和在心灵上的折磨，意在指明：罪与罚，不在外部，而在内部。

三、罚是救赎。拉斯柯尔尼科夫内心挣扎最紧张的关头是在书中女主人公索尼娅被坏人诬陷的时刻。受尽苦难的索尼娅如今又遭遇更大的打击。在拉斯柯尔尼科夫看来，索尼娅更有理由否定社会、否定法律、否定道德、否定良心、否定上帝。如果索尼娅在最后的打击下，终于放弃了上帝的原则，那么他便有了一个佐证，证明自己的杀人是合理的。但是，索尼娅在命运不断打击下，仍然坚持信念，坚信天理不灭。索尼娅的选择让拉斯柯尔尼科夫彻底缴械，于是他向索尼娅坦白自己的罪行，在索尼娅的鼓励下，在广场向社会、向人群承认自己的罪行，然后去自首、服刑。从向索尼娅一人认罪，到向广场上的众人认罪，拉斯柯尔尼科夫的灵魂终于摆脱煎熬，走向解脱和救赎。接下来的苦役生活，不是"罚"的开始，而是救赎的开始。

拉斯柯尔尼科夫因为极其穷困，铤而走险，然而良心未泯，所以精神备受煎熬。他是19世纪俄国贫困知识分子的典型。既带有贫困生活而引发的对不公平社会产生的自然的原始的愤怒，又混杂着无政府主义、极端个人主义、平民革命主义的各种社会思潮，既有传统宗教长期培养的善与爱，又充满对不平社会的仇和恨。最后，陀思妥耶夫斯基让这些矛盾在索尼娅的"爱"中得以解除，让主人公重新找到更高层次的上帝，完成了从罪、罚到救赎的全过程。

针对陀思妥耶夫斯基在《罪与罚》中表现出来的倾向，长期以来，争论激烈，比较常见的观点认为，《罪与罚》在揭露俄国黑暗现实，表现下层人民的绝对贫困，揭露俄国阶级矛盾、阶级冲突方面是深刻的、卓越的，但是，小说在探索解救社会的出路时又陷入宗教迷误，把良心发现、道德拯救当作救世良方，这是作品的思想局限。

另有一种在世界上影响很大的观点逐渐成为主流声音，这种观点是由俄国著名思想家、美学家巴赫金提出的。他认为，拉斯柯尔尼科夫本人内心的各种思想，以及其他人物代表的思想在小说中是平等的。这些思想对于作家来说也是平等的，就是说，小说中混杂的各种思想，就像现实生活一样，哪一种也不能完全说服另一种，哪一种都有一定的合理性，哪一种也同样都没有绝对真理性，因此这些思想在小说中是处于"对话"的、"争论"的状态。即使拉斯柯尔尼科夫自首之后，这些"对话""争论"仍然没有停止、没有结论。这种观点认为，"对话""争论"，是陀思妥耶夫斯基作品最独特的地方，陀思妥耶夫斯基因此而开创了一种新文体："对话体"小说。应该说以上两种观点都有道理。

第八讲 让俄罗斯文学走向世界文学巅峰的陀思妥耶夫斯基

陀思妥耶夫斯基在小说中所表现的复杂的艺术个性很值得关注。他善于揭示人性深处的矛盾。小说主人公拉斯柯尔尼科夫是俄国19世纪平民知识分子中罪人忏悔式的形象。他本来是一个品德优秀的青年，他的犯罪动机源于社会的不公正，附和着19世纪后半期的社会思潮；支持他拿起斧子杀人的超人理论表现了那一代人的行为准则。但是，在他的内心世界，同时总响着另一个声音，那就是俄国知识分子始终摆脱不掉的永恒准则和宗教情结。善、爱、最终忏悔等，双重思想不断争辩，构成这一形象又一特征。作家深入地展示了主人公矛盾的、分裂的精神世界，甚至钻入人物的潜意识之中，表现了在特定的社会生活情景中这个俄国大学生人格的病态、变态和扭曲。

陀思妥耶夫斯基善于洞察人物的内心世界，将人物置于一个极端情景之后，便不厌其烦地进行细腻的心理分析，几乎任何一个瞬间任何一个角落都不放过。如此全面展示灵魂秘密的卓越笔力，在世界文学史上只有托尔斯泰能与之比肩。不同的是，托尔斯泰注重人物心理的辩证发展全过程，而陀思妥耶夫斯基更多挖掘人物的潜意识的分裂、扭曲。陀思妥耶夫斯基更擅于制造悬念，激化情节，渲染恐怖气氛。主人公杀第一人时已经紧张万分；杀第二人时周围气氛更加阴森；正待逃亡，忽然又传来惊心动魄的漫长的叫门声……作家不断加深恐怖事件的残酷程度，效果极其显著。陀思妥耶夫斯基擅于以写实手法描写血腥事件，正面描写恐怖的全部细节、过程。因为这些特点，陀思妥耶夫斯基被称为"残酷的天才"。

陀思妥耶夫斯基小说的人物心理描写不仅篇幅长、分量重，而且独具特色。《罪与罚》一开始，就是人物心理的细腻展示，直到人物的潜意识当中。在拉斯柯尔尼科夫显意识和潜意识的流动中，

"那件事情"时隐时现。然后在情节推进中写人物内心深处的复杂思想斗争，以及外界的影响。情节发展到一定程度，作家便安排一个情节发展和人物心灵发展的关键点。小说第一部分第七章就是一个典型的陀思妥耶夫斯基式的关键节点。杀掉放高利贷的阿廖娜老太太本是一件极血腥的事情，作家竟又让老太太的妹妹偶然卷进来。第二次杀人，更加残忍，拉斯柯尔尼科夫精神已经失控。接着，作家又让拉斯柯尔尼科夫离开现场的一刻，险些撞上两个偶然来访者。拉斯柯尔尼科夫在门里，敲门人在门外，敲门人的每一个动作，每一句话都是对主人公精神的重重一击。尽管他沉着地躲过这一关，但是，事实上，其心灵已经崩溃。陀思妥耶夫斯基的心理描写深入变态、畸形、多重人格分裂的境地，令世人惊叹。

《罪与罚》发表的时间，正是俄国现实主义文学走向顶峰时期，此后两年，托尔斯泰完成《战争与和平》，屠格涅夫也进入中后期创作。《罪与罚》无疑是俄国现实主义文学的一座巅峰。与西欧同期作家相比，《罪与罚》在揭示现实社会生活的深度、高度及典型性方面也是有过之无不及。但是，每一个作家都有自己的特点，由于陀思妥耶夫斯基集中关注下层人在现实生活中备受挤压的生活状态，集中关注罪人、病人、白痴等高智商人物的变态心理、精神痛苦和多重人格的无理性状态，所以，他的小说为后来的现代主义开了先河。

五、《白痴》的非理性与文学的自由

1866年的整个夏秋，陀思妥耶夫斯基都在忙于写作《罪与罚》，因此耽搁了另一部小说的写作，与苛刻的出版商签署的合同日期

第八讲 让俄罗斯文学走向世界文学巅峰的陀思妥耶夫斯基

只剩下一个月了,陀思妥耶夫斯基一个字也没有写。他的朋友劝他改变写作方式,作家口述,请人帮忙速记,然后作家修改。当时很多作家都采用这样的方式写作。陀思妥耶夫斯基接受了建议。他与速记员安娜一起合作,用26天完成了长达十个印张的小说《赌徒》。从此,陀思妥耶夫斯基便用这种方法写作。

1868年,陀思妥耶夫斯基创作了长篇小说《白痴》,继续探索畸变人格。小说刻画了一个正面人物——梅什金公爵。他的善良与纯洁,使小说透出光明的色调。他从小因为治病,远离尘嚣,没有沾染任何人间的恶习,所以,在回到人世间的时候,人们把他看成白痴。小说情节以梅什金从瑞士搭乘赶回彼得堡的火车开始,基本上是跟着梅什金的脚步,串联起彼得堡形形色色的人物。其中,有两个核心人物,一个是良家美女,富商叶潘钦家的三女儿阿格拉娅,一个是邪恶女人,百万富翁托茨基占有过的娜斯塔霞。阿格拉娅和娜斯塔霞都是绝色美女,而且是被"白痴"一眼评定的超越一切美女的绝代美女。白痴梅什金对美有特别的观念,认为美是最大的谜,美可以拯救世界。阿格拉娅是一个待嫁美女,她的父母、姐姐都把家族的振兴希望寄托在这个小女儿身上。而娜斯塔霞则是"标价美女",托茨基很想把她卖掉,这个"卖"实际又是买,托茨基要给迎娶娜斯塔霞的新郎一笔巨额陪嫁以便让自己获得自由,从而可以迎娶叶潘钦家大女儿。托茨基和叶潘钦计划好的买家是叶潘欣的秘书加夫里拉,谈定交易价是娜斯塔霞的陪嫁75000卢布。加夫里拉虽然有道德底线,但是,75000卢布又是他一辈子也难以挣到的数目,所以加夫里拉同时又是卖家,他要卖掉自己与阿格拉娅的爱情,卖掉自己的良知和操守。而彼得堡最大混蛋罗戈津迷上了娜斯塔霞,罗戈津恰好此时继承了一大笔遗产,所以他是真正的大买主,决定出价10万卢布买下娜斯塔霞。罗戈津是在小说最开始的时候,梅什金公爵在火车上偶遇的邻座。梅什金早晨到达彼得堡,举目无亲,只能到叶潘钦家里碰运气,叶潘钦的妻子是梅什金公爵家族的最后一个远亲。于是梅什金卷入了错综复杂的情网和阴谋之中,这些复杂的线索,在梅什金公爵到达的当天晚上,在娜斯塔霞的豪华住宅纠集在一起,一场买卖美人娜斯塔霞的交易公开上演,而梅什金公爵也意外来到现场,他想以对美女的纯洁的爱,拯救娜斯塔霞,让她拒绝一切交易。所有人都嘲笑梅什金的天真,但是,梅什金严肃认真地拿出一封信,说莫斯科正有一笔巨大的财产等待他继承。恶魔般的娜斯塔霞也是天使,她相信梅什金,不想伤害梅什金,同时更想恶作剧。她接受了罗戈津的10万卢布。然后把捆在一起的10万卢布扔进壁炉,宣布这笔钱归"未婚夫"加夫里拉,只要加夫里拉把它拿出来,可以尽数带走。加夫里拉被良心和欲望折磨,昏死过去。娜斯塔霞觉得加夫里拉良知尚在,把10万卢布取出来,放到晕倒的加夫里拉身边,然后与罗戈津扬长而去。

这是《白痴》第一部。接下来的第二部、第三部、第四部,人物关系更加复杂。美女阿格拉娅更多参与其中,与梅什金公爵产生感情纠缠,而美女娜斯塔霞再次出现,与此关联的其他人物再次纷繁旋转。

娜斯塔霞的美是小说中纷乱世界的"能源"。她有强烈的叛逆性格,她公开捉弄那些蹂躏过和要蹂躏她的男人。在这个世界上,只有白痴梅什金真正同情她,无私地喜欢她,希望自己对纯粹美的爱能将她救出龌龊的世界,但是娜斯塔霞无法接受这种纯净的爱,她在婚礼上又一次与罗戈津逃走,最后,她故意激怒罗戈津,被罗戈津杀死。梅什金赶来,在娜斯塔霞尸体旁边,梅什金和罗戈津躺在地上开始说话。罗戈津突然大脑炎发作,不能说话,只能嚎叫。梅什金躺在他身边,抚摸罗戈津的头,泪水从自己的脸上流到罗戈津的脸上。小说就这样结束了。

《白痴》这部小说正如书名,是一部没有理性的小说。如果从正面看,"白痴"们的无理性毫无意义,一个正常理性的人不必像精神医生那样理会无理性。但是,正因为以无理性作旗帜,陀思妥耶夫斯基获得了表现的自由。堂吉诃德是疯骑士,所以,堂吉诃德的一切行为都可能发生。《白痴》中,陀思妥耶夫斯基也是在这种无理性之下,放进了层出不穷的奇思妙想和无厘头的动作,有现实,也有荒诞,处处都不合逻辑,但是,每一页都有极具震撼力的言辞。这是一部奇书,对《白痴》的各种争论都难以道尽它所展示的奇谈怪论。

1871—1872年,陀思妥耶夫斯基创作了《群魔》,这是一本思路清晰、主题明确的小说。书中的革命党人被描绘成一群以制造骚乱为手段,从而达到社会变革的魔鬼。小说题词用的是福音书的一段著名故事,耶稣从人身上驱走魔鬼,魔鬼附在猪身上,猪掉进悬崖摔死了。这样的题词影射意味太明显。书中的革命者为了达到政治目的,散布谣言、欺骗恫吓、放火、暗杀。不过,此书也并非全是诬蔑革命者,小说写出了革命者进行革命的社会基础,俄国的官僚机构,到处是腐败,贪图私利,无所事事。小说的用心还在于探索俄国的更新之路。

1875年,陀思妥耶夫斯基出版大部头长篇《少年》,创作动机是要探索偶合家庭和罪恶的关系。当然,一部大型的作品,它的丰富性不可能仅仅局限在一个单一的主题。

六、没有完结的卡拉马佐夫兄弟

《卡拉马佐夫兄弟》(1879—1880) 是作者最后一部作品,作家与速记员安娜结婚之后,生活安定,不再受出版商逼迫,《卡拉马佐夫兄弟》写得比较从容。因此,这部著作对社会、道德、心灵、肉体、家庭、伦常、血缘、遗传以及哲学、宗教、信仰等问题都有深入的思考。但是,陀思妥耶夫斯基的写作状态早已形成,特别是他在长期苦难中形成的内心感受和表达方式也已经根深蒂固,所以,这部"终极"之作,依然带有陀思妥耶夫斯基的惶惑不安、急促难耐的叙述风格。另外,这部小说,依然深深钻入人性的黑暗洞穴,在那里,外在的安稳生活也无法平和精神的紧张。

陀思妥耶夫斯基在《卡拉马佐夫兄弟》中以巨大的艺术力量描写了无耻、卑鄙的卡拉马佐夫家族的堕落崩溃,同时又对颠沛流离、生活在水深火热之中的人们表示深厚同情。他以自己的宗教热情,告诉世人只有皈依宗教才能保全道德的价值,只有宽恕和仁慈才能拯救人类社会。《卡拉马佐夫兄弟》写了"偶合家庭"的丑陋,在这个婚外男女偶然组合的家庭里,维系任何一个家庭的天然纽带似乎都荡然无存,老卡拉马佐夫,费多尔·巴夫洛维奇身上集中了一切卑劣的品质:淫荡、贪婪、专横、狠毒、厚颜无耻。他两次结婚都为谋求财产和地位。他对儿子的教育抚养全然不顾。他甚至在酒醉的时候奸污了一个弱智女人。他没有任何顾忌,不怕任何恐怖,不怕地狱,不怕未来的最后审判,他的恶行已经是一种疯狂的病态了。卡拉马佐夫家的长子德米特里是一个退役军人,他集"圣母玛利亚的理想"和"所多玛城的欲望"于一身。为财产、为女人,他整日叫嚣,随时都可以跟父亲拼命;可是有时,在他的心里竟会生出最虔诚的呼喊:"上帝啊,我到底也是你的儿子",做出令人难以相信的善事。他是恶魔,他也是迷途上的羔羊。众人认定这个粗暴的卡拉马佐夫就是弑父的凶手,他也不辩解,反而甘受刑罚,"要用苦难来洗净自己"。在卡拉马佐夫一家特殊的背景下,在东正教救赎理念流传了差不多一千年的世界里,德米特里的行为和思想是有一定的真实性的。作者把他放在19世纪后半期的俄国社会中,有相当大的震撼力。卡拉马佐夫家的次子伊凡是一个有"西欧"理性精神的人。他大学毕业,信奉无神论,对世界的各种罪行痛心疾首,对基督救世的说教恨之入骨,最后成为一个怀疑一切、否定一切的极端个人主义者。三弟阿辽沙·卡拉马佐夫是作品中最"纯洁"的人物,他在修道院长老的呵护下,没有受到社会和家庭的污染。他一点没有遗传卡拉马佐夫,像《白痴》中的梅什金一样,他是用宗教的圣水养育大的。他也有情欲,渴望功名,对世界总是瞪着惊讶的大眼睛。作家让他代表一种纯粹的人生状态,似乎是作家的理想,但是,如果从基督教教义来看,陀思妥耶夫斯基更关心他的两个哥哥的心灵世界。因为,上帝对迷途的羔羊更感兴趣。卡拉马佐夫家中还有一个不姓卡拉马佐夫,但事实上是卡拉马佐夫家的人物,那就是斯麦尔佳科夫。这是老卡拉马佐夫与被奸污的弱智女子生下的儿子,被卡拉马佐夫家仆养大成人。就他的遭遇来说,最值得同情;就他的感情来说,他最有理由否定这个世界,但是,他却是一个身心两毁的奴才,卑微、怯懦,心地阴暗,表面上却很老实。作家全面否定这个形象,他杀了父亲,又嫁祸给别人,最后惶恐自杀。他身上没有一点基督的精神。陀思妥耶夫斯基写了这样一个"偶合家庭"小说,故事情节自然也要符合叙事的逻辑:有感情纠葛,有父子之间、兄弟之间的争斗,情节曲折复杂,又惊心动魄。但是,这些偶合家庭的成员,又是人类的符号,各代表一种生存状态。这种写法很容易被概念化,然而,由于这种种生存状态是陀思妥耶夫斯基用整个身心、整个生命体验到的,所以,这些观念都带着鲜活的血泪。

《卡拉马佐夫兄弟》充分表现了作家后期的所有矛盾和创作特色,因而被认为是作家艺术创作的总结。

第九讲　文学巨人托尔斯泰

一、世界文化巨人列夫·托尔斯泰

俄国大作家托尔斯泰的全名是列夫·尼古拉耶维奇·托尔斯泰。他的名字由三个部分组成，第一部分"列夫"是名字，本义是"狮子"，欧洲很多语言中都有以这个"狮子"为名的人，而托尔斯泰让这个通用名字又回归本义：世界文学的王者——狮子；他的姓名的第二部分是父亲的名字"尼古拉"转化成的父姓，是以圣徒尼古拉为名，这在俄罗斯也是十分常见的，所以，宗教的含义已经不是那么陌生化了，但是，在托尔斯泰的创作中，基督教体系的名字和希腊神话体系的名字常常先兆式预设了用此姓名的人物的基本性格倾向，如果在作品里，它会象征这一名字的冠名人的某种道德倾向；第三部分是我们熟悉的托尔斯泰，这是俄罗斯的一个很大的姓氏，属于古老的传统的贵族，其本义是"丰富""厚重""庞大"的意思，姓"托尔斯泰"的人有很多，自然也有很多很瘦小的人，但是，列夫·尼古拉耶维奇·托尔斯泰的文学成就恰好符合这些特性。有上下文语境在，相互表示尊重的时候，会称呼名和父姓，而正式文件中，要写全名，在一般的文章里，有上下文，也可单称其姓氏"托尔斯泰"，而较为亲近的朋友中，则呼其名字和父姓，更亲近的人则直呼其名，最亲近的人，比如他的妻子、妹妹，则称呼他为"列沃奇卡"，这是"列夫"这个词的亲密称呼。

众所周知,托尔斯泰是世界文学的"雄狮",是世界文学的巨人。但是,有两则文献提及托尔斯泰的"隆重",可以帮助我们再度认识托尔斯泰在俄罗斯文学,乃至世界文学中的意义。

一则是美国著名作家纳博科夫讲授俄罗斯文学的时候所讲的"灯和阳光的故事"。这则故事广为流传,最可靠的文献源于传记作家写的《纳博科夫传·美国时期》(上)一书。

> 恢复上课后,秋季学期还剩下三周。他的欧洲小说课的最后几节讲的是《安娜·卡列尼娜》。一月的一天,天气晴朗,他发现,他的学生的注意力都无法集中。……纳博科夫突然停止讲课,一言不发,走到讲台右侧,吧嗒几声将头顶的三盏灯关掉了。然后他走下五六级的台阶,来到教室地板上,步子沉重地沿着过道往后走,200个惊愕的头颅一起转过去……看着他静静地拉下了三四个窗户的窗帘。纳博科夫沿着过道回来,走上讲台,回到右侧控制着开关。"在俄国文学的天空中"他宣布说,"这是普希金",天花板最左侧的灯亮了。"这是果戈理!"中间的灯亮了。"这是契科夫!"右边的灯亮了。接着纳博科夫再次走下讲台,走向后面和中间的窗户,松开窗帘的搭扣,窗帘顺着卷轴弹了回去(砰!),一柱白色的阳光泻进屋来,像某种"流溢"。"那是托尔斯泰!"纳博科夫瓮声瓮气地说。①

---

① 博伊德:《纳博科夫传·美国时期》(上),刘佳林译,广西师范大学出版社2011年版,第246页。(译文有误,作者根据英俄原文另译。)

第九讲　文学巨人托尔斯泰

在俄罗斯文学史上，一般把普希金看成"俄罗斯文学的太阳"，而在一个美国大作家眼里，托尔斯泰才称得起"阳光"的赞誉。纳博科夫说"托尔斯泰是一个永远不败的散文家。抛开他的两个前辈普希金和莱蒙托夫，所有的俄罗斯作家可以这样排序：第一名——托尔斯泰，第二名——果戈理，第三名——契诃夫，第四名——屠格涅夫"。[①]这是一个俄裔美国作家表演的精彩的文学批评戏剧：托尔斯泰是"天光"、"巨光"，是"流泻进黑暗室内的太阳光"。

另一则故事是一幅画讲述的。1903年俄罗斯出版了一本画册。书名是《列夫·托尔斯泰伯爵，俄国大地的伟大作家》，该书第76页，有三幅漫画，左上角的一幅漫画的题目是"巨人和侏儒"，或者更准确的翻译是"一个巨人和一群侏儒"。1903年，托尔斯泰75岁。他就像小人国的巨人，斜躺在画面的大半幅位置，他的肩头、胳膊、肘弯、大腿、小腿位置或站或坐着的是一群同时代作家。相比于托尔斯泰的体积，这些作家都是侏儒。

现在，对于全世界来说，"托尔斯泰是巨人"，这已不是问题，其实，在1903年，在托尔斯泰尚在世间的时候，就已经不是问题。在世界历史上，对于一些名人，你是不必问"他是谁"这样的问题的。中国的不必说了，我们都知道秦皇汉武，都知道李白杜甫。若论外国，提到拿破仑，我们都知道是那位从下级军官一跃而成为整个欧洲霸主的法国小个子。提到达·芬奇，我们都知道他是意大利的大画家。还有，莎士比亚，我们都知道这是那位写了四大悲剧的

---

① 弗拉基米尔·纳博科夫：《俄罗斯文学讲稿》，丁骏、王建开译，上海三联书店2015年版，第140页。（译文有误，作者根据原文另译。）

英国作家。

　　同样是伟大的作家，一说托尔斯泰，我们也都知道这是写出了《战争与和平》《安娜·卡列尼娜》《复活》等伟大作品的俄罗斯作家。这些都是经典中的经典。

　　托尔斯泰成为巨人，原因也很明确，无非是因为他创作了"巨人"的作品。这是一个简单的事实：列夫·托尔斯泰创作的作品数量多，思想内容隆重，而且质量好。1928年在他诞辰100年之际，在苏联国家出版委员会主持下，《托尔斯泰全集》开始陆续出版。从1928年到1958年，历时30载，一共出版了90卷。皇皇90卷，这种大型全集，的确太厚重了。但是，2000年，俄罗斯政府再一次决定出版新的《托尔斯泰全集》，新版全集计划出版100卷。新全集把托尔斯泰遗产分为五大类型：第一类是艺术性作品，共18卷。第二类是艺术类作品的不同版本和异文，共17卷。第三类是文章、论著、汇编，共20卷。第四类是日记和杂记，共13卷。第五类是书信，共32卷。从中可以看到托尔斯泰创作的总貌。

　　托尔斯泰于1828年9月9日（俄历8月28日）生于古老的贵族家族领地雅斯娜雅·波良娜。但是，他的归宿却是对贵族生活的叛离，1910年11月20日（俄历11月7日），托尔斯泰死在离家出走的路上，或者说是叛离贵族的自我放逐的道路上。

　　托尔斯泰的祖父是叶卡捷琳娜二世时代的功臣，有世袭伯爵爵位，曾任喀山省省长。托尔斯泰的父亲是参加1812年卫国战争的军人，《战争与和平》中的尼古拉·罗斯托夫就有他父亲的影子。托尔斯泰的母亲也是望族后人，是沃尔康斯基公爵的女儿，托尔斯泰排行第四，上有三位哥哥，下有一个妹妹。托尔斯泰两岁丧母，10岁丧父，但是他在两个姑母相继监护下，得到很好的照顾和教育。

1841年，托尔斯泰兄妹搬到喀山。1844年，托尔斯泰进入喀山大学哲学系的东方部，学习土耳其-突厥语。这个选择与喀山大学是当时俄罗斯东方学的中心有一定关系。但是，此时的托尔斯泰迷恋社交生活，不专心学业，成绩不佳。第二年，托尔斯泰转入法律系。此时，托尔斯泰年满18岁，获得继承权，得到母亲陪嫁的贵族庄园。1847年，托尔斯泰以健康原因为由申请休学。两年后，托尔斯泰曾到彼得堡应法学士考试，但是只考了两门课，没有获得大学学位。大约四年时间，托尔斯泰立志学习又疏懒毁志，发愿立德又违誓堕落，计划改革又半途而废，戒色戒赌又难敌诱惑，天天都有梦想，也有行动，但是终归一事无成。期间也想搞文学，但是，都是处于草案阶段。不过，此时的托尔斯泰坚持不懈记日记。几乎每天都写，每天都写很长，把自己一天经历的外部的和内心的种种起伏都写在日记里。他一边在生活中周旋于亲友和莫斯科上流社会之间，一边在日记里对这种堕落生活展开批判，其状态很像《复活》中的涅赫柳多夫。所以，回头看，托尔斯泰这几年的生活的确是荒唐，但是，从日记来看，这也是一个未来的文学家蓄势待发的时期。对于这种生活环境他渐渐感到厌烦。1851年4月底，托尔斯泰人生出现转机。他随同服军役的长兄尼古拉赴高加索的车臣，以志愿兵身份参加袭击山民的战役，后作为四等炮兵下士在高加索部队中服役两年半，表现优异，晋升为准尉。

高加索的车臣改变了托尔斯泰的人生，在战斗空隙，他开始在军营里写作。1852年，在《现代人》杂志第一次发表小说《童年》，随后发表《少年》，发表《袭击》《伐林》等。此时，托尔斯泰表现出强大的毅力，文学的世界向他打开。

1854年3月，他加入多瑙河部队。克里米亚战争正在进行，托尔斯泰自愿调赴塞瓦斯托波尔,曾在最危险的第四棱堡任基层炮兵指挥官,参加了这个城市的最后防御战。战斗之余,托尔斯泰连续发表三篇轰动京城的塞瓦斯托波尔的战地文学:《十二月的塞瓦斯托波尔》《五月的塞瓦斯托波尔》《一八五五年八月的塞瓦斯托波尔》。战后,托尔斯泰来到彼得堡,作为知名的新作家受到屠格涅夫、涅克拉索夫等人的欢迎,结识了冈察洛夫、奥斯特洛夫斯基、德鲁日宁、车尔尼雪夫斯基等作家和批评家。但是,他的见解和认识,常常不合时宜,他既不愿意加入激进民主派阵营,也不接受唯美派作家对他的招徕。

此时,托尔斯泰的文学观念是不确定的,既有"为艺术而艺术"的追求,又十分看重文学对虚假世界的揭露和批判。但是,首都的文学圈让他失望,随即对文学几乎完全失去兴趣,而全身心投入开发平民教育事业上。

1856年底,托尔斯泰以中尉衔退役。次年年初到法国、瑞士、意大利和德国游历。西欧让托尔斯泰失望,西方的现代文明让托尔斯泰觉得"不对头",他看到西方文明的假面孔、人道的虚假、法制的虚妄、体制的虚伪。对比之下,托尔斯泰清醒地看到了俄国社会的落后局面,但是,他也鲜明地认识到,俄国不应照搬西方现代文明。这些认识在他的小说《琉森》(1857)中有突出的体现。

对19世纪50—60年代之交的农奴制改革以及革命形势,托尔斯泰的思想是极其矛盾的。他同情农民,厌恶农奴制,却认为根据"历史的正义",土地应归地主所有。他不同意自由主义者、斯拉夫派以至农奴主顽固派的主张,也看到沙皇所实行的自上而下的"改革"的虚伪性质,却又反对以革命方法消灭农奴制,幻想寻找自己的道路。早在1856年,他曾起草方案,准备以代役租等方法解放农民,并在自己庄园试行,因农民不接受而未实现。由于无法解决思想上的矛盾,他曾企图在哲学和艺术中逃避现实,但很快又感到失望。1860年,长兄尼古拉的逝世更加深了他的悲观情绪。

1860—1861年,他再一次到德、法、意、英和比利时等国考察,这一次的目的是考察西欧的国民教育,这一次的结论又是令托尔斯泰相当失望,他认为西欧的国民教育不但不是启蒙,反而戕害了儿童的心智。这些认识与当时英国的赫伯特·斯宾塞异曲同工。在此期间,托尔斯泰几乎中止文学创作。

早在20岁的时候,托尔斯泰就在雅斯娜雅·波良娜创办了农民子弟学校,因参军,这个办教育的实验被迫中断了。退役之后,托尔斯泰燃起极大的教育热情。1859年至1862年是托尔斯泰的"教育狂热期"。除了自己的"雅斯娜雅·波良娜学校"以外,他在图拉协助开办了二十多间初级小学。1862年他向政府申请创办《雅斯娜雅·波良娜》教育杂志。在随后的生命中,托尔斯泰的教育活动一直持续,教学实践、教育理论、教材编写,均有建树。"雅斯娜雅·波良娜学校"、《雅斯娜雅·波良娜》杂志,至今还在运行。

1861年农奴制改革引发社会动荡,莫斯科大学出现学潮,学生罢课。一方面是想接济因罢课而被中断助学金的学生,一方面是为自己的学校解决师资,托尔斯泰请来几位大学生任教。这些活动引起沙皇体制下的遍布全国中的"奸细"的注意,遂向警察当局告密。1862年7月,托尔斯泰外出时,图拉省的宪兵到雅斯娜雅·波良娜搜查。在警察局立案的"案宗"上,此案被列入"鼓动宣传革命"的案件。宪兵搜查的结果,并没有发现什么可疑的东西，但是，却给托尔斯泰造成极大精神伤害。托尔斯泰找警察局辩理，没有得到"昭雪"，于是托尔斯泰愤而直接给亚历山大二世写信抗议。

1862年9月，托尔斯泰同克里姆林宫的御医、八品文官别尔斯的女儿索菲亚·安德烈耶夫娜·别尔斯结婚，托尔斯泰的人生道路开始新的时期。婚后的托尔斯泰是一个一般意义上的俄罗斯地主，是一个贵族庄园的主人，也是一个和农民共同劳动的勤劳善良的老爷、接二连三出生的子女们的好父亲，但是，更庆幸的是，婚后托尔斯泰又萌发了文学创作的欲望。从1863年起他以六年时间完成巨著《战争与和平》。

但是，一场巨大的精神危机来临了。

1869年9月，他到奔萨省购置田产，途经小镇阿尔扎马斯，深夜在旅馆中突然感到一种从未有过的忧愁和恐怖。这就是所谓"阿尔扎马斯的恐惧"。在这前后，他在致友人书信里谈到自己近来等待死亡的阴郁心情。1868年秋至1869年夏，他一度对康德、叔本华产生兴趣。

20世纪70年代初，俄国"到民间去"等社会运动兴起。此时，道德、哲学和现实的各种因素促使他的思想发生一场巨大危机。无论从托尔斯泰，还是从人类精神发展史来看，这场危机又是一件幸事，危机促成托尔斯泰后半生的新探索。托尔斯泰的精神危机不是空泛抽象的心灵争斗，而是带有强烈的社会现实性。此时的他，惶惶不安，怀疑生存的目的和意义，因自己所处的贵族寄生生活的"可怕地位"深感苦恼，不知"该怎么办"。他研读各种哲学和宗教书籍，不能找到答案。他甚至藏起绳子，不带猎枪，生怕为了求得解脱而自杀。这些思想情绪在当时创作的《安娜·卡列尼娜》中得到鲜明的反映。列文的矛盾思想是托尔斯泰思想矛盾的纪实。

1881年,托尔斯泰在莫斯科买下一处房子,这样托尔斯泰对俄国城市和乡村的社会有了全面的切身了解。80年代以后,他造访神父、主教、修道士和隐修士,以及东正教之外的各个教派。另外花大量时间到贫民窟、艺术院校、铁路走访,这一系列探索,产生的结果可以总结为几个方面。第一,否定了东正教官办教会,接受了宗法制农民的信仰;第二,广泛阅读钻研佛教、伊斯兰教、儒教的原典,将其中的思想与基督教教义等量齐观,均视为古代人的智慧,而不是神谕。托尔斯泰带着极大热情介绍这些智慧,以人本主义思想构建新的非神秘主义的宗教观;第三,用爱、用善概括基督精神,否定耶稣基督的双重位格;第四,反对福音书中的神迹;第五,遵行耶稣在福音书中提倡的道德律法,主张"天国在人的心里";第六,哲学上得出人的生命不会死亡的观点;第七,艺术上全面否定贵族艺术,包括自己的创作;第八,确认社会上的罪行、贫困、饥饿等根源在于私有制;第九,人类社会可以没有政府、专制国家,政府、军队、警察、法律、教育等不会给人带来幸福,反而是罪恶的渊薮;第十,解决专制困境,摆脱社会罪恶,不能靠暴力,而是通过跟从真理的行动——主动放弃私有制。

19世纪80年代、90年代一直到20世纪最初十年,托尔斯泰对以上几个方面的认识越来越激越。所有这些认识都不是空洞的理论,而是行动。伴随着探索,托尔斯泰写出大量表达新认识的著作,每一篇都引发社会轰动,如《忏悔录》(1879—1880)、《我的信仰是什么?》(1882—1884)、《那么我们应该怎么办》《论生命》《天国在你们心中》《福音书翻译及合编》《智者的智慧》《每日必读

（格言集）》《艺术论》。其次，世界观转变后，托尔斯泰厌弃自己及周围的贵族生活，开始吃素，睡窄床，从事体力劳动，耕地、缝鞋，为农民盖房子。再次，托尔斯泰广泛参与社会活动，1881年访问莫斯科的贫民窟，参加1882年莫斯科人口调查，深入了解城市下层生活。1881年春，民意党人用炸弹炸死亚历山大二世，听到这个消息，托尔斯泰马上给即位的亚历山大三世写信，请求赦免行刺亚历山大二世的革命者；1891—1893年和1898年，先后组织赈济梁赞省和图拉省受灾农民的活动。

同时，托尔斯泰改变了文艺观，指斥自己过去的作品包括《战争与和平》等巨著为"老爷式的游戏"，转变之后的文学创作，基本上是托尔斯泰的"说教"。此间写作的剧本、中短篇小说以及民间故事，同样是为此目的。

从19世纪90年代中期开始，托尔斯泰的思想更加激烈，批判社会现实的倾向愈加明显和强烈，他和他的追随者们在俄罗斯形成一个"托尔斯泰主义"，对世界也产生了广泛影响。托尔斯泰的激烈批判行为，引起沙皇政府和官方教会的强烈不满。慑于他的威望，才迟迟没有将他监禁和流放，但是俄罗斯东正教教会终于在1901年以俄国东正教大公会议的名义"见证"他脱离了俄罗斯东正教会，实际上是革除了他的教籍。同年，他因沙皇政府镇压学生运动而写《致沙皇及其助手们》的公开信，次年致函尼古拉二世要求给人民自由并废除土地私有制，1904年撰文反对日俄战争。1905年俄国爆发革命，托尔斯泰不赞成革命的手段，却始终同情革命者。"1905年革命"失败后，托尔斯泰反而激越，写出《我不能沉默》《当代奴隶制度》《不准杀人》等"檄文"。

托尔斯泰的行动有两个方面，一个是上面所说的，是批判现实、批判社会、"外向"的活动。另一个是"内向"行动,托尔斯泰在批判社会的同时,也进行着深刻的革命式的行动。托尔斯泰批判私有制,自己却占据着大片田产。他为此感到噬心的惭愧。

1882年和1884年,托尔斯泰曾两度欲离家出走。这种意图在90年代的创作中有所反映。在他生前的最后几年,他意识到自己的地主庄园生活方式与自己主张的观念是多么不相符合。他以及托尔斯泰主义者的追随者和他的夫人之间的纠纷更使他深以为苦。终于在1910年10月28日早晨(公历11月10日)从雅斯娜雅·波良娜秘密出走。先是到他非常敬重的奥普金纳修道院,然后到妹妹出嫁修行所在的沙莫尔金诺村。然后又再度出发,计划"逃往"东方。但是,在火车上,冬日的旅途让托尔斯泰肺部感染,突然发烧,不得不在途中的一个火车站——阿斯塔波沃车站下车。七天之后,托尔斯泰死在这个不知名的火车站。

列宁剖析托尔斯泰的矛盾世界观时指出:"作为一个发明救世新术的先知,托尔斯泰是可笑的,作为俄国千百万农民在俄国资产阶级革命快到来的时候的思想和情绪的表现者,托尔斯泰是伟大的,托尔斯泰富于独创性,因为他的全部观点,总的说来,恰恰表现了我国革命是农民资产阶级革命的特点。从这个角度来看,托尔斯泰观点中的矛盾,的确是一面反映农民在我国革命中的历史活动所处的各种矛盾状况的镜子。"[①]

[①] 《列宁全集》(第2版增订版)第17卷,中共中央马克思 恩格斯 列宁 斯大林著作编译局编译,人民出版社2017年版,第181页。

二、托尔斯泰创作的三个时期

早期,即1851—1861年是他的探索、实验和成长的时期。思想和艺术风格都在发展和变化中,个别作品带有模仿的痕迹,但其后来作品中的一些基调和特色已具雏形。

自1847年起,托尔斯泰开始写日记,并一直坚持到晚年。大量的日记和书信,几乎占据他文学遗产的五分之一。日记是他朝夕反省和不断进行探索的心灵的记录,也是锻炼写作、通过自身而研究人的内心生活秘密的手段。如《昨天的故事》(1851)等一些早期作品,就是由日记扩充和艺术加工而成的。

托尔斯泰的许多作品带有自传性质,这首先见于最早发表的、在高加索写成的中篇小说《童年》(1851—1852)以及后来陆续发表的《少年》(1852—1854)和《青年》(1855—1857)(据他的构思还要写最后一部《青春》,构成长篇小说《四个发展时期》,但最终没写成)。三部曲表现了主人公在周围环境影响下成长的经历。他不满自己,醉心于反省和自我分析,追求道德完善。《童年》等早期作品表现出托尔斯泰创作非常鲜明的特色,他不追求情节,全力关注个人外部生活和内部生活的真实、全面和细腻的细节,这与当时俄国文坛、欧洲文坛的小说大不一样。他的朴实,他的真实,以及由此而来的艺术力量让文坛耳目一新。创作于同一时期的《袭击》(1853)、《伐林》(1853—1855)和三篇"塞瓦斯托波尔"特写等军事小说,是托尔斯泰根据亲身经历和见闻写成的,真实而生动地表现了流血和死亡的真实场面,描写了普通士兵及军官朴素但却悲壮的真正爱国情感,揭示出贵族军官的虚荣心和装腔作势。托尔斯泰写这些战争小说有一个明确的创作动机:他直接面对战争的真实,认识到古往今来所有战争题材的作品的虚假,他立志要写真实的战争。因此这些小说一改俄国文学中战争描写的虚假的浪漫主义倾向。车尔尼雪夫斯基指出,托尔斯泰才华的两个特点:心灵的辩证法(即写心理的过程)和道德感情的纯洁,主要就是根据上述作品概括出来的。而小说《一个地主的早晨》(1856)延续了托尔斯泰在三部曲之后的心灵探索与精神发展的主题,探索在农奴制下通过改善农民生活以协调地主和农民的关系的道路。这也是他亲自观察所得,因此能够"钻到农民的心灵中去"(车尔尼雪夫斯基语)。《家庭幸福》(1858—1859)表现了他当时逃避现实、追求与世隔绝的家庭"幸福小天地"的幻想,很快为托尔斯泰本人所否定。

此外,托尔斯泰还创作了描写艺术家的《阿尔别特》(1857—1858)和《琉森》。《阿尔别特》是他一度醉心"为艺术而艺术"的观点的产物,中心思想是"自由创作"问题。作品中宣称"美是人世间唯一无可置疑的幸福"。《琉森》以作家旅游瑞士时的见闻为基础,揭露资产阶级的自私本性和资本主义同艺术相敌对的实质。这里,托尔斯泰已经表现出否定资本主义文明的倾向,而这种批判一方面是回应现实的提问,一方面又是抽象的宗教、纯正的道德的真理追索,可视为托尔斯泰主义的最初表现。这篇作品中表现的向往自然和返璞归真的思想在《哥萨克》(1853—1863)和《三死》(1859)中得到最充分的发挥,后两部作品以大自然和接近大自然的人的意识作为衡量真理的尺度,可看到卢梭思想影响的痕迹。

《哥萨克》本是一篇较为长篇的作品,发表出来的是原计划中的上半部,下半部没有写成。作品表达了作家要脱离自己贵族文明、走"平民化"道路的愿望,这实际上已经是"托尔斯泰主义"的萌芽了。小说主人公奥列宁厌弃上流社会的空虚和虚伪,在奇伟的大自然和纯朴的哥萨克中间,认识到幸福的真谛在于爱和自我牺牲,为别人而生活,但他未能摆脱贵族的习性,幻想终告破灭。其中始见的"出走"主题也不断出现在作家晚年的作品中。在艺术上,《哥萨克》开始从心理的细致刻画转向客观而广泛地描写现实生活,史诗般的画面为创作《战争与和平》做了准备。

19世纪50年代末60年代初因同农民接近,托尔斯泰开始直接描写农民生活。未完成的作品《田园诗》(1860—1861)和《吉洪和玛兰尼娅》(1860—1862)对古老的农民生活方式过分美化。《波里库什卡》(1861—1863)表现了农奴制之下不可能为农民造福的观点,女地主的"仁慈"却导致波里克依的自杀,作品充满了阴暗的色彩。在这部作品里,作家第一次提出金钱万恶的问题。

中期,即1863—1880年,是托尔斯泰才华得到充分发展、艺术水平达到炉火纯青的时期,也是思想上发生激烈矛盾、紧张探索、酝酿转变的时期。

托尔斯泰从1856年开始酝酿写作关于十二月党人的小说,在1860—1861年写了开头三章。但是在写作过程中,托尔斯泰不断追寻十二月党人事件的历史原因,因而他的关注点不断前移,他的注意力渐渐转移到1812年卫国战争,并且进一步前移到1805年俄奥联军与法军的战争,其结果就是完成了世界文学名著《战争与和平》的写作。有评论说,假如托尔斯泰没有创作《战争与和平》,那么他就不会拥有文学史所给予他的崇高地位。

主流文学史一般认为这部小说试图从历史上给贵族阶级寻找

存在的价值,用以解答当时解放运动应由哪个阶级领导的问题,但由于长期的亲身体验和同人民的接近,作家深深感到人民在民族历史上的作用,从而使小说成为一部波澜壮阔的人民战争的史诗。

《战争与和平》写成后,面对俄国资本主义的急剧发展和宗法制农村旧秩序的分崩离析,托尔斯泰企图从彼得一世时代寻找当代社会变化的原因。他承认彼得做了伟大而必要的事,但又责备他把欧洲文明移植到俄国。1870—1873年,他研究了彼得时代的大量史料,但这项工作为《字母表(识字课本)》所打断,后来只写成关于彼得的小说的开头部分,便转向现代生活题材的《安娜·卡列尼娜》的创作。

《字母表(识字课本)》(1871—1872)涉及国民教育问题,是他对自己在19世纪60年代编写的《字母表(识字课本)》的改编。国民教育在当时也是迫切问题。托尔斯泰自称这本书的宗旨在于教育俄国"整整两代的孩子"——"不管是沙皇的孩子还是农民的孩子"。这部书共包括373篇作品,有关于自然科学的,但大部分是关于文学的,思想倾向较为保守。而且由于托尔斯泰不认同科学的启蒙作用,《字母表(识字课本)》反对新教育学的基本方法和原则,因此遭到教育专家的反对。他曾为此撰文辩解并公开辩论。《字母表(识字课本)》具有卓越的教材编撰史意义。这是一套供不同年龄的学生使用的"复式教学"教材,教材以俄语字母表展开,从字母,到音节,再到单词,再配上图画,然后逐层配以短文、长文。字母表既有文字改革后的"国民字母",又有教会斯拉夫语的古体字母,这应对了当时俄国民众从事信仰活动的需求。托尔斯泰为这本《字母表(识字课本)》组编的配文,也是既符合使用教材的学生的要求,也潜移默化传播人类文明;既考虑了受教育者的信仰需求，也兼顾了学生的道德、品格的长成。教材按层次编入圣经经文、古代壮士歌、历史选段、古希腊神话等，托尔斯泰亲自动手改编童话、传说、各国名著等。这部教材奇绝的是编入了数学和珠算。同时，托尔斯泰还为文学教学编写《阅读课本》。从这套教材的系统性、层次性、实用性、丰富性、思想性、可操作性来看，托尔斯泰的教材是世界教育史上的宝贵遗产。它摆脱了新教育学的机械方法，其中很多经过改编的民间故事都富于艺术性，语言简洁、明确、生动。特别是1875年经过他修改的《新蒙学读本》很受欢迎，在作者生前就印行了三十多版。

《安娜·卡列尼娜》的构思始于1870年，到1873年才开始动笔，原本只想写一个上流社会已婚妇女失足的故事。而在1877年写成的定稿中，小说内容变得极为丰富，主流文学史一直强调小说在描写俄国当时社会生活的广泛性，如农奴制改革后俄国资本主义发展所产生的灾难性后果，贵族阶级家庭关系的瓦解和道德的败坏，贵族地主的日益没落，农村社会阶级矛盾的激化，等等。但是，从作者的立意和小说的主要关注点来看，《安娜·卡列尼娜》是一部描写人类感情世界天然的、不可化解的深刻矛盾的作品。

在晚期（1881—1910），托尔斯泰的创作是多方面的，有戏剧、中短篇和长篇小说、民间故事，占重要位置的则是政论和论文。而总的倾向是：一方面揭露当代社会的各种罪恶现象；另一方面表达他的新认识，宣传他的宗教思想。

托尔斯泰在19世纪50—60年代就曾写过剧本，其中《一个受传染的家庭》（1862—1864）是反对"虚无主义者"即革命民主派的。80年代起，托尔斯泰又重新对戏剧创作产生兴趣，其中重要的作品有揭露金钱的罪恶，同时宣扬拯救灵魂的、说教的《黑暗的势力》(1886);以贵族和农民的不同生活方式为冲突的基础,讽刺前者的游手好闲和精神空虚,表达后者因缺乏土地而产生强烈愤慨的《教育的果实》(1891);写一个觉醒的贵族因社会制度不合理而离家出走,揭露贵族的自私冷酷和他们的合法婚姻的虚伪性的《活尸》(1911)。这部作品在1900年基本完成,但是既没有发表,也没有演出,是在作家死后发表的。经过长时间创作的《光在黑暗中发亮》(1911)反映作者在世界观转变后同家庭和社会的冲突,宣扬不抗恶,而剧情的发展又反驳了这种说教的无力,成为他最矛盾的作品之一。

中短篇小说《伊凡·伊里奇之死》(1884—1886)、《克莱采奏鸣曲》(1891)以及去世后发表的《魔鬼》(1911)、《谢尔盖神父》(1912)和《舞会之后》(1911)等中篇小说,更加关注人类内心的精神危机。《伊凡·伊里奇之死》写人面对死亡的精神危机,体现了托尔斯泰的"生命哲学",后来被存在主义看成探讨人类生存意义的第一批作品。《克莱采奏鸣曲》和《魔鬼》延续《安娜·卡列尼娜》的主题,探索人类欲望和婚姻的天然冲突。《谢尔盖神父》更直接讨论性、欲望、贞洁、神圣等问题。此外,《霍尔斯托密尔》(1863—1885)从一匹马的眼睛揭示了私有财产对其牺牲者以至私有者本人的毁灭性的危害。《伪息券》(1911)则接近《黑暗的势力》的主题。1905年革命前夕写成的《哈泽-穆拉特》(1904)描写山民强烈的生的意志和至死不屈的英勇精神。在这次革命中写成的《为什么?》(1906)歌颂了波兰人民的英勇起义,揭露了沙皇的残酷镇压;两者是对当时暴力革命的反应。这一时期,所谓"托尔斯泰主义"已经形成。在这个思想背景下,作家创作了一生总结性作品《复活》(1899)。

托尔斯泰早期写过文学论文，如《人们为什么写作》（1851），肯定文学的崇高使命；《在俄罗斯文学爱好者协会上的讲话》（1859）反对暴露文学，但仍主张文学应当适应社会的要求。在19世纪60—70年代的论文中，主要强调应为人民而写作。而其晚年的论著更应引起人们注意：《莫泊桑文集序》（1894）要求忠于现实主义艺术的原则，要求作家对所描写的事物持有道德的态度，明确"善和恶之间的区别"；《什么是艺术？》（1897—1898）批判"为艺术而艺术"的美学观点，指出当时一些美学理论为统治阶级的口味进行辩解的实质，揭示颓废派艺术反人民的本性及其哲学思想基础，同时提出艺术是人们交流感情的工具的论点；《论莎士比亚及其戏剧》（1906）指责莎士比亚的剧作反民主和不道德，但也能道出他的剧作的某些艺术特点。这些论著都阐明了作者后期关于艺术实质和作用、形式和内容的关系，以及艺术的道德意义等问题的见解。后两部还同时要求文艺传达宗教意识。

托尔斯泰的文章和论著保存至今的共290篇，已完成的164篇构成他的文学遗产的重要部分。其中《教条神学研究》（1879—1880）、《我的信仰是什么？》（1882—1884）、《教会和政府》（1885—1886）等揭露官方教会是"有产者政权"的婢女，并宣传新的基督教的世界观；《那么我们该怎么办？》（1882—1886）、《天国在你们心中》（1890—1893）和《当代的奴隶制》（1899—1900）等文指出资本主义制度实即奴隶制，而工厂奴隶制是土地奴隶制的直接后果；国家是保卫有产者并压迫人民的工具；私有制则是"战争、死刑、法庭、奢侈、淫荡、凶杀和使人毁灭"的万恶之源。《论饥荒》（1891）、《可怕的问题》（1891）和《饥荒抑或不是饥荒》（1898）指出当时饥荒的严重性，并断言"人民之所以饥饿，是由于我们吃得太饱",应该"从人民的脖子上爬下来",把土地等归还他们。在1905年革命时期,他宣称自愿充当"从事农业的一亿人民的辩护士",写了《论俄国的社会运动》《深重的罪孽》《致农民的论土地的信》等文,认为革命的根本问题是土地问题。而在《关于莫斯科的调查》(1882)、《唯一的手段》(1901)、《论俄国革命的意义》(1906)和《究竟该怎么办?》(1906)等文中还陈述了城市下层的贫困境况和工人的沉重劳动。此外,还有反对侵略战争和军国主义的文章。这些论文鲜明地揭露了托尔斯泰的思想,引起了相当大的争论。列宁曾连续发表文章,高度赞扬托尔斯泰思想的进步性,同时又深刻批判了托尔斯泰主义的保守。

《战争与和平》展示了从1805—1812年卫国战争到1825年十二月党人起义的前夜这一重大历史时期的波澜壮阔的社会风貌,再现了整整一个时代,气势磅礴,场面广阔,人物众多。在小说中出现于前景的是两种类型的贵族:一类接近宫廷,谈吐优雅,雍容华贵,但道德败坏,利欲熏心,醉生梦死,崇拜法国文化,漠视祖国命运;另一类是理想化的宗法制的领地贵族,忠厚慷慨,感情强烈,富于爱国主义精神,主要是罗斯托夫和包尔康斯基两家,彼埃尔·别祖霍夫也属于此类,他和安德烈·包尔康斯基是中心人物。他们两人都在不断进行思想探索,饱尝生活中的甘苦,都在卫国战争中了解到人生的真谛,并在精神上得到新生。最后安德烈因负伤死去,彼埃尔则倾向未来的十二月党人。小说热情歌颂的真正的爱国英雄是人民,是许多平民出身的士兵和军官,他们朴实英勇,藐视死亡,与贵族军官的哗众取宠形成对照。

小说的人物还可以按真实与虚构分为两类,库图佐夫、沙皇亚历山大一世、拿破仑等众多历史人物是这一历史时期的"真实"人物,但是,托尔斯泰坚决反对历史书籍对这些历史大人物的记录和描写,作者认为历史书全是谎言,他写《战争与和平》的一个最大动机就是要破除这些历史迷雾,还历史本来的面目。这是这部小说成为世界名著的最重要的原因,托尔斯泰写小说是在和整个历史辩论,和整个历史哲学辩论。在小说中,托尔斯泰根据自己的亲身体验,推出了一个全新的历史发展观,提出了他的著名的历史发展的"金字塔"理论,即越是高高在上的人物对历史发展的作用越渺小,推动历史车轮的是那些金字塔最底层的无名大众。因此在小说中,俄国将领库图佐夫是人民智慧的体现者,单纯、平凡,没有什么战争理论,但是只有他深知战争的本质。而拿破仑、沙皇一类人自以为伟大,实际上极其渺小。托尔斯泰的历史主义至今还是值得探讨的问题。

在托尔斯泰看来,俄国的前途在于"优秀"贵族与人民的合作,但是,他虽然也写到彼埃尔和安德烈所实行的农业改革,却并不隐讳农民对地主的不满心理。

《战争与和平》的特点在于,它完美地将历史的事实与艺术虚构融为一体,笔触奔放而描写细腻。在再现宏观世界的同时,又不忘洞察人内心的奥秘,刻画微观世界,把握心灵的辩证发展,细致地描写心理在外界影响下的嬗变过程并且深入人的下意识,把它表现在同意识相互和谐的联系之中。在巨幅的群像中显现出个人的面貌,于史诗的庄严肃穆中穿插抒情的独白,变化万千,蔚为奇观。在结构上,突破"封闭"形式,像生活那样无始无终;千头万绪的线索被衔接得天衣无缝,充分体现了作家善于驾驭多线索的结构的能力。

在人物塑造方面,托尔斯泰如实地描写人物内心的多面性、丰富性和复杂性,不只写其突出的一面或占优势的一种精神状态。他不隐讳心爱人物的缺点,也不掩盖所批判的人物心中闪现的微光。不粉饰,不夸张,不理想化或漫画化,总是借助真实客观的描写,展示其本来面目,从而于平凡中见伟大,或者相反,于平凡中见其可怕。人物性格的发展变化皆浑然天成。

长篇小说《复活》(1889—1899)是托尔斯泰晚年的代表作,情节的基础是真实的案件。《复活》于19世纪80年代末构思,1899年完成。此时,持续了一个世纪的反专制农奴制的社会变革运动全面激化,沙皇专制下官僚制度的腐败和农奴制的破败暴露无遗,社会危机一触即发,托尔斯泰在创作之初,就表现出强烈的民主倾向和社会批判倾向。随着思想探索的发展,托尔斯泰作品的批判性越来越强,越来越无情地摘下沙皇俄国社会生活的一切假面具,同时,托尔斯泰面对动荡不安的社会革命,在俄罗斯传统文化和传统基督精神的背景下形成的道德自我完善思想、基督博爱思想、"勿以暴力抗恶"主张也越来越坚定。这两方面的思想在《复活》这部小说中得到了全面集中地表现。

《复活》的情节是这样展开的:春天来了,就是监狱的石板的缝隙中,也冒出春天的绿芽,生命复苏,万物向荣,唯独人无休无止地欺骗自己而且欺骗别人,折磨自己也折磨别人。

省城监狱就是这样无视春天,反而把提审犯人当作神圣。狱警们奉命于4月28日9时以前将三名犯人押到法院。其中一个女犯叫马斯洛娃。她是女奴的私生女,被女贵族收养,16岁被女贵族的侄子诱奸,不久被赶出庄园,最后沦为妓女。此时马斯洛娃无辜卷入一场谋杀案而受审。而判定此案的陪审员之一就是当年诱奸她的涅赫柳多夫。涅赫柳多夫公爵是俄国的大贵族,养尊处优,体面荣耀,与马斯洛娃发生关系之后,他塞给她100卢布,然后便渐渐把她忘记了。如今作为善恶的评判人悠闲地来到法庭。另一些各种各样的陪审员和各怀心思的法官们也来到法庭。开庭了,涅赫柳多夫认出了马斯洛娃,此刻他的心理开始发生变化。整个审判成了对自己的审判,面对马斯洛娃,他无法躲避罪责,他是罪恶之源,不仅当年犯罪,现在依然在犯罪。审判结束,无辜的马斯洛娃被判罚苦役。于是涅赫柳多夫开始了悔罪之路。他首先向马斯洛娃认罪,为改变误判到处奔波,去监狱,去法院,去省衙,去大大小小权贵之家,走遍整个"国家机器"的各个角落,这时他发现被误判的,不只马斯洛娃一个,而是冤狱遍地,而整个"国家机器"全部腐败了。这种制度才是真正的万恶之源。在一个大雷雨的夜晚,他决定和整个制度以及作为这个制度基础的贵族阶级决裂。他将土地分给农民,不管马斯洛娃是否接受他的忏悔,他依然跟随她去西伯利亚服苦役。最后马斯洛娃虽然接受了他的忏悔,但坚决拒绝他的求婚,嫁给了革命党人;而涅赫柳多夫在福音的善、爱里找到归宿。

小说的情节依据托尔斯泰的朋友、法官科尼讲述的一个真实案件,不是托尔斯泰的编造。托尔斯泰借此揭发了沙皇"国家机器"的腐败黑暗。首先,托尔斯泰揭下了涅赫柳多夫和他所属的那个阶级的尊严面具,他们在自己制造的罪恶面前无法逃避;随后托尔斯泰借涅赫柳多夫为马斯洛娃申诉的过程揭发了沙皇司法制度的黑暗;然后作家通过男主人公在城市贵族家庭和乡下庄园的活动揭露了俄国农奴制的反动;接着作家让涅赫柳多夫跟随苦役犯目击了整个俄罗斯大地的破败;而在对监狱和苦役营犯人的描写中,作家又多方位地展示了沙皇统治下俄国人民的苦难生活状态和他们各种各样的反抗;这些是托尔斯泰批判现实主义的伟大成就。基于这种揭发,托尔斯泰通过涅赫柳多夫为社会提出一个道德完善、自我忏悔的软弱的治疗方案。

涅赫柳多夫是托尔斯泰塑造的忏悔贵族的典型,在他一生的文学创作中,这种忏悔贵族不断出现在他的不同时期的小说中,甚至连主人公的名字也不断重复。《少年》《青年》《一个地主的早晨》中的涅赫柳多夫是《复活》主人公的先声,《战争与和平》中的安德烈、彼埃尔,《安娜·卡列尼娜》中的列文,也是进行道德探索的贵族,因此《复活》的主人公是托尔斯泰笔下最重要的人物形象。《复活》中的涅赫柳多夫又有不同以往的"涅赫柳多夫们"的特点,他的自我批判、忏悔自新的力度、广度和深度大都异于其他"前身"。

忏悔的力度在于他是一个标准罪人,他以往的灵魂扫除,仅仅是道德完善,直到4月28日,面对马斯洛娃,他才震惊地发现自己是个真正的罪人。在这样尖刻的尴尬境地,涅赫柳多夫无法逃避。

忏悔的广度在于,这一形象的罪过甚至是贵族社会有意培养的,当他本来是一个善良、有理想、追求真挚爱情的青年的时候,他的姑母、他的同事嘲笑他幼稚,而他成了放荡军人,亲友倒认为正常。因此他是整个贵族地主阶级罪恶的体现者。

忏悔的深度在于,作家不断让这个贵族的忏悔逐渐深入。他奔走于沙皇社会的各个方面,深入俄国各个角落的罪恶,逐渐看清罪过不是他一人,不是个别人的过错,而是整个贵族阶级的罪孽。另外,涅赫柳多夫的忏悔也逐渐向内深入,从一般的良心发现到承认罪过,再到挖掘贵族阶级的罪恶本性,他在现实社会和精神生活中都完成了一场颠覆旧世界的革命;而且不仅认识罪恶,涅赫柳多夫还积极行动,真诚为马斯洛娃和其他无辜狱友奔波,分掉土地,抛弃私产，主动接受苦役，等等。因为如此，涅赫柳多夫的忏悔十分真诚。

《复活》在艺术上很有特色。托尔斯泰的人物心理描写是非常著名的，他擅于深入人物的内心抓住思想感情的每一个细微的变化，一丝一毫地追索出人物思想感情巨大变化或剧烈转变的全过程，充分展示人物从一种思想感情向另一种常常是相反的思想感情转变的"心灵辩证法"。在进行心理描写时，作家总是擅于同具体的社会场景和自然场景相配合。这是托尔斯泰的心理描写不同于其他心理描写大师的突出特点。涅赫柳多夫每一次反思，几乎都是这种"心灵辩证法"的全过程的细腻展示。不断的反思构成一个大规模的"心灵辩证"运动，反反复复，忽暗忽明，从一个细小的变化开始，一点点积累，最后形成"大雷雨"之夜的剧变，而且雷雨之后，作家没有停止挖掘心灵变化，一直延续到小说的最后。

《复活》充分显示了托尔斯泰朴实无华的现实主义风格。它平铺直叙，单线发展，直接地、不加修饰地描写男女主人公遭遇的种种事件。这种朴素的叙述极大地增强了小说的真实性，非常客观地展示了一幅19世纪末俄国生活的典型画面，并在这样的一种广泛的典型环境中真实再现涅赫柳多夫这个典型形象。托尔斯泰的语言十分朴素，但是却蕴含着强烈的力量和巨大的魅力，对大雷雨的描写没有使用任何艺术化的修辞手法，一个比喻、一处夸张也没有，完全是直笔写实，然而整个大雷雨却跃然纸上。

托尔斯泰在描写法院断案时，大量运用了尖刻的讽刺笔法。比如三名法官登台，肖像、动作、心思，滑稽可笑，与"严肃的法律"形成强烈对比。这是对所谓庄严神圣事物的滑稽的讽刺；比如马斯洛娃本来没罪，仅仅因为陪审员少写了一句话而被判刑，而且错案无法更改,这是对西方标榜的司法制度的怪诞的嘲讽;涅赫柳多夫是陪审员,却是真正的罪恶之源,这是对社会制度深层本质的哲理性讽刺。

托尔斯泰是世界文学中的巨人。

第十讲　俄罗斯文学黄金时代的最后一位作家契诃夫

　　安东·巴甫洛维奇·契诃夫（1860—1904）是俄罗斯19世纪杰出的批判现实主义小说家、戏剧家。契诃夫在小说和戏剧创作方面的贡献是划时代的，渗透在他作品中的反庸俗、反市侩、反专制、反浮夸的民主主义思想使他得以深刻地反映了俄国19世纪最后一个时代社会网络的结节、蛛丝和空隙。

一、契诃夫的时代空间

　　契诃夫，1860年1月29日出生于罗斯托夫省塔甘罗格市。塔甘罗格，这是俄罗斯最南端的城市之一，它在顿河入海口的右岸，在亚速海的岸边。越过亚速海，是克里米亚半岛，然后就是黑海。塔甘罗格是远离俄罗斯中心的南方海岸边界的一座非常小的小城。但是，这座城市也曾发生了两个重要的历史事件，一个是普希金流放南俄的时候，曾经驻留过这里；另一个事件是1825年亚历山大一世在这里病逝。

　　以契诃夫父亲的身份来说，契诃夫是一个小商贩的儿子，而按照契诃夫爷爷的身份来讲，契诃夫则是农奴的后代。契诃夫的家史是契诃夫家族一直引以为傲的。契诃夫的爷爷本来是一个农奴，就在莫斯科附近梁赞省一个地主的名下为奴。但是,契诃夫的爷爷凭着聪明智慧,靠着给主人榨糖和经商,积攒了875个卢布,在1841年,用这笔钱从农奴主手里赎买了自己、妻子和三个儿子的自由身份,并使女儿也"免费"获得了自由的身份。这种靠劳动获得自由的奋斗经历,一直鼓舞着契诃夫一家人。祖父带领全家搬迁到遥远的南方,在俄国资本主义潮流中顽强奋斗,在南部边疆创业。契诃夫的父亲先是按祖父的培养方式去当学徒,然后自己回到塔甘罗格,盘下一家杂货铺。

杂货铺,无论如何都应该说是契诃夫的第一个文学院。

契诃夫的读书时代、下课之后的光阴,大多是在这个小铺子里面度过的,他需要帮助爸爸照顾生意,站柜台、做买卖,记流水账……契诃夫在回忆自己的童年时说"在我们的童年里,只有痛苦。""我们的童年被种种可怕的事情毁掉了……"。① "在我的童年没有童年"。②1876年,父亲因不善经营而破产,只身前往莫斯科另寻出路,不久家人们也随着他相继迁居莫斯科,只留下契诃夫一人在故乡,于是,这个小铺子在没有被卖掉之前,就全交给契诃夫留守了。契诃夫一边照顾小铺子,一边担任家庭教师,维持生计、继续求学,度过了相当艰辛的三年时光。这种生活体验对于契诃夫的创作来说是永远的养分。

1879年,契诃夫考入莫斯科大学医学院学习。1884年大学毕业后在莫斯科周边的小镇行医。契诃夫得以广泛接触农民、地主、官吏、教员等各式人物,这对他后来的文学创作无疑又是一个丰富

---

① 亚·契诃夫:《契诃夫童年生活的故事》,张守慎译。见《回忆契诃夫》,人民文学出版社1962年版,第3页。

② 同上书,第54页。

的矿脉。

19世纪80年代的俄国，书刊检查制度更加严格，庸俗无聊的幽默刊物风靡一时。契诃夫开始创作时，常以"安东沙·契洪特"等笔名向如《蜻蜓》《断片》这类杂志投稿。1880年，幽默刊物《蜻蜓》发表契诃夫的两篇处女作——短篇小说《一封给有学问的友邻的信》和幽默小品《在长篇和中篇小说中最常见的是什么？》。这是契诃夫的文学生涯的开端。在前一个作品中，年轻的作者嘲笑了一个不学无术而又自命不凡的地主，在后一个幽默小品中嘲讽了当时文学创作中的陈词滥调。然而，80年代，一方面革命风云激荡，一方面是沙皇统治的镇压，整体来看，沙皇统治机制运行是反动的、封闭的、禁锢的，社会气氛令人窒息，进步思想备受压制。身处这种环境，涉世不深且迫于生计的契诃夫曾用不同笔名发表了不少仅供消遣解闷的滑稽故事，《不平的镜子》《外科手术》等便是这类作品。老作家格里戈罗维奇写信要他尊重自己的才华，希望他严肃对待创作。契诃夫接受了批评，不久就跳出了低级无聊的编造，开始创作出有深度的作品，展露了其用极其短小精悍的文章入木三分塑造人物的才华。

非凡的才华使契诃夫声誉日增。1888年他的短篇小说集《黄昏》获俄国皇家科学院的"普希金文学奖"，名声大振。从根本立场上讲，契诃夫是一个自由主义者，崇尚"绝对自由"，关心芸芸众生，关心微末市井，关心俗风乡情，但是不很关心大背景下的社会政治。然而正是因为对现实的关心，契诃夫自然地感受到了大时代、大社会的污浊的现实、不公正现象、社会涌动的时代情绪，这让他不安。他开始认识到，文学家不是做糖果点心的，不是化妆美容的，也不是给人消愁解闷的；作家应该是一个身负责任的人。他时时为自己缺乏一个"明确的世界观"而感到苦闷;契诃夫认识到,一个人没有明确的世界观,那么他的生活就不是生活,而是一种可怕的事情。契诃夫的这种心情和认识在中篇小说《枯燥乏味的故事》(1889)中有深刻的表现。

从19世纪80年代下半叶起,契诃夫开始写剧本。《蠢货》(1888)、《求婚》(1889)、《结婚》(1890)、《纪念日》(1892)等独幕轻松喜剧,在内容和手法上接近于他的早期幽默作品,其中有的甚至就是他将自己的短篇小说改编而成的。但是,在剧本《伊凡诺夫》(1887—1889)中,契诃夫批判了缺乏坚定信念、经不起生活考验的80年代的"多余的人"。这些剧本创作为后来契诃夫戏剧的巨大成就打下了基础。

1890年契诃夫越来越体会到,文学创作中追求思想深度的重要,意识到不能仅仅停留在对生活现象的幽默和讽刺上面。他也认识到,思想深度的提高必须要有一场但丁式的地狱、炼狱、天堂经历。

1890年4月,为了锤炼思想,加深对俄国现实的认识,身体羸弱的契诃夫以《新时代》杂志通信员的身份进行了一次横贯俄罗斯的旅行。他从俄罗斯欧洲老都城莫斯科出发,一站一站向远东行进,最后到达沙皇政府安置罪行最严重的苦役犯和流刑犯的萨哈林岛(中国称之为"库页岛")。在萨哈林岛,契诃夫接触了大量的囚徒和移民,写下了大量的调查笔记。在岛上,他亲眼看到了一座人间地狱,目睹了野蛮、痛苦和灾难的种种极端表现。萨哈林岛之行是契诃夫完成的一大壮举。显然,契诃夫的目标不仅仅是为一份《新时代》报纸写写通讯,他似乎要在19世纪和20世纪的跨世纪之交,完成一部自己的《神曲》。无论是在萨哈林岛上的调查,还是在往返萨哈林岛的路上,契诃夫似乎有意识地选择苦难,或者,至少可以说契诃夫的萨哈林岛之行从出发开始,就不拒绝苦难,所以萨哈林岛的艰难、路途中转的艰辛,都成了让契诃夫丰富自己感觉的刺激源,都成了契诃夫可以滋养自己思想的营养。整个萨哈林岛之行,所有艰辛,所有颠簸劳累,所有见闻,都是契诃夫的精神飨宴。契诃夫留下的文字中,很少有对路途艰辛的抱怨,很少有对身体不适感的担忧,笔下文字表达的是作家的兴奋。这一次旅行,契诃夫留下了通讯集《来自西伯利亚》(1890)、随笔集《萨哈林岛》(1893)。回来之后,契诃夫创作了内容、思想和风格焕然一新的文学作品——小说集《第六病室》(1893)。小说集以之命名的中篇小说《第六病室》是契诃夫文学遗产中最有思想深度的一篇,揭示了一个伟大作家的卓越才能,预示了一个伟大作家的伟大作品的可能,但是萨哈林岛之行也大大损伤了契诃夫的身体。此后,契诃夫一直身处肺结核病的折磨中,这种疾病在当时是不治之症。1890—1900年,契诃夫先后去米兰、威尼斯、维也纳、巴黎等地治病疗养和游览。1892年,契诃夫在莫斯科省谢尔普霍夫县的梅里霍沃购置了庄园并在那里定居,同普通人有了更多的接触。1898年,他因肺结核病病情加剧,遵医嘱迁居黑海南岸的雅尔塔。不久,列夫·托尔斯泰也到雅尔塔养病。与此同时,高尔基、布宁、库普林和列维坦等人也来雅尔塔,一时间,雅尔塔成了俄罗斯文学的大沙龙。

但是,契诃夫在雅尔塔的修养环境,也存在很大的弊端。他在雅尔塔市内购置的房屋地势较高,爬坡走路对他的身体不是一件有益的事;契诃夫另在距离雅尔塔较远的地方购置了一座紧临海水的小屋,小屋院落之外,有阳光,有海浪,有海鸥,但是偏远的路途、潮湿的海气又不利于养病。

1901年,他同莫斯科艺术剧院的演员奥尔迦·克尼普别尔结婚。

从1891年至他生命结束的1904年,契诃夫创作进入全盛期。当时,俄帝国的资本主义发展迅猛,帝国的体制却凝固坏死,资本主义的发展使得无产阶级壮大,欧洲共产主义也迅速普及俄国,社会主义革命的要求成为这个时代的主流呼声。在革命的激昂情绪下,学生以及其他居民阶层中间的民主精神也十分高涨。萨哈林岛归来的契诃夫关心政治,积极投入社会活动。1892年,他参与下诺夫哥罗德省和沃罗涅什省的赈济灾荒行动;1892—1893年,他在谢尔普霍夫县参加扑灭霍乱的工作;1897年,他参与人口普查工作;1898年,他支持法国作家左拉为无辜的犹太籍军官德雷福斯辩护的正义行动;1900年2月,他安排了政治流放犯、社会民主党人拉金进入雅尔塔肺病疗养院治病和疗养;1902年,他与柯罗连科一起抗议俄罗斯科学院因屈服于沙皇尼古拉二世的粗暴干预而撤销高尔基的名誉院士资格的决定,公开宣布放弃他们自己在两年前获得的名誉院士称号;1903年,他热心资助为争取民主和自由而遭受沙皇政府迫害的大学生。这些活动表明:随着19世纪末20世纪初俄国革命运动的发展,契诃夫的社会关注越来越积极,契诃夫的社会参与度也越来越频繁,这些都是基于他的越来越明显的民主主义立场和思想。而他在这一时期的创作也突出地表现了他的社会思索的明确取向。

新世纪来临之际,契诃夫的创作也进入了一个新的阶段。他创作了《带阁楼的房子》(1896)、《我的一生》(1896)、《套中人》(1898)和《醋栗》(1898)等反映重大社会问题的小说。写出深刻揭示俄罗斯帝国最后阶段的时代特征的舞台剧作《海鸥》《万尼亚舅舅》《三姊妹》和《樱桃园》，这些剧本的戏剧冲突是内在的。舞台动作凝滞，人物对话平庸，情节平淡，与俄罗斯19世纪末帝国的停滞生活是一种"同质"的状态，但是，在这种压抑的戏剧动作中，契诃夫又深刻地展现了俄罗斯世纪末的精神冲突，新生活的希望就在这种压抑的生活中，要么被压抑的生活淹死，要么冲破压抑的生活获得解脱。一种内在的根本冲突支撑着契诃夫这些舞台剧的戏剧行动：要么死，要么生，这样的大冲突是契诃夫戏剧获得巨大成功的原因。这是一种新型戏剧，它改变了欧洲文学史上，自古希腊悲剧以来的戏剧冲突结构原则，在西方戏剧史上完成了一种革命。

1904年6月，契诃夫的病情恶化，在妻子的陪伴下前往德国巴登维勒治疗。这一年7月15日，契诃夫在该地逝世，遵照遗嘱，契诃夫的遗体被运回莫斯科安葬。

契诃夫是一位杰出的作家，也是一个十分热心于公益事业的人。由于他的努力，在塔列日、诺伏肖尔基和梅里霍沃三个村庄里创立了三所条件相当好的学校。契诃夫不断给一些地方图书馆赠送书籍，收到他的赠书的有萨哈林、彼尔姆、谢尔普霍夫和塔甘罗格等地的图书馆。契诃夫更是一位优秀的医生，他本人曾以戏谑的口气说过，医学是他的"发妻"，而文学则是他的"情妇"："除了我合法的妻子——医学之外，我还有一个情妇——文学，但是我不愿谈论她，因为在不合法地位中生活的人，将在不合法地位中死亡。"[1]医生契诃夫在梅里霍沃和雅尔塔等地常为穷苦农民诊病和开药，而在1892年霍乱流行期间，他主持梅里霍沃医疗站的工作，

---

[1] 亨利·特罗亚:《契诃夫传》，世界知识出版社1992年版，第75页。

防控了25个村庄、四个工厂和一个修道院的疫情,在短短三个月内经他诊治的病员达1000人左右。热心于公益事业的契诃夫毕生实践了他的一个崇高信念:"为公共福利尽力的愿望应当不可或缺地成为心灵的需要和个人幸福的条件。"

在契诃夫的《札记》中有这样两句话:"我们都是人民。我们所做的一切最好的工作都是人民的事业。"[1]用这两句话来评价这位杰出的俄罗斯作家是再恰当不过的。契诃夫是人民的作家,他的创作是人民的事业,而他的成长和发展道路迄今都保留着深刻的现实意义。

契诃夫在世界文学中占有重要的位置。他以短篇小说和戏剧创作享誉世界。契诃夫的短篇小说风格独特、言简意赅、艺术精湛。他截取平凡的日常生活的片断,凭借精巧的艺术细节对生活和人物做真切描绘和刻画,从中展示重要的社会内容。他提倡"客观地"叙述,认为"越是客观给人的印象就越深刻"。他信任读者的想象力和理解能力,主张让读者自己从形象体系中琢磨作品的涵义。当然,契诃夫的小说在客观冷静准确的描绘中,又包含浓郁的抒情,深刻表现了他对丑恶现实的不满和对美好未来的向往。契诃夫擅于把褒扬和贬抑、欢悦和痛苦之情融化在作品的形象体系之中。简练是契诃夫小说的一个大特色,他认为"简练是天才的姐妹",[2]他主张"写作的本领就是把写得差的地方删去的本领"。[3]

---

[1] 《契诃夫文集》(第13卷),汝女译,上海译文出版社1999年版,第446页。

[2] Чехов А. П. Полное собрание сочинений и писем: В 30 т. Письма: В 12 т./ АН СССР. Институт мировой литературы имени А. М. Горького. Т. 3. (Письма)—М.: Наука, 1976.—С. 188.

[3] А. П. Чехов в воспоминаниях современников / — Москва: ХуАож. лит., 1986.—98с.

二、契诃夫文学创作的三个阶段

契诃夫24年的创作经历可以分为三个阶段。

第一个阶段从1880年到1886年。这个阶段的多数作品是以"契洪特"署名的,因此可以说这是"契洪特阶段"。这一阶段"契洪特"的作品主要以幽默小品为主。但是,在写于1883年以后的一些幽默小品里,已经蕴含着一种新的短篇小说体裁——抒情心理短篇小说——的萌芽。这种萌芽在契诃夫的创作实践中逐步茁壮、发展,以至在1886年形成为一种崭新的抒情心理短篇小说体裁,代表作品是《苦恼》和《万卡》。这类作品以平凡的日常生活现象为情节基础,叙述笔法客观而又含蓄。构思巧妙的艺术细节和精心勾勒的生活背景,是契诃夫小说的卓越亮点,同时作家又注重展示人物的心理状态,并从中反映某一类社会生活的重要方面。作家的浓郁情意则平淡地融化在作品的全部形象体系之中。这种短篇小说体裁随着契诃夫创作的进程,日趋完美。

第二个阶段自1886年起,到1892年止。五年创作之后,契诃夫声誉日增。到1888年,他已经是《梅尔柏密尼的故事》《五颜六色的故事》《在黄昏》《天真的话》和《短篇小说集》这五个集子的作者。这一阶段,契诃夫的创作题材比以前丰富,对生活的挖掘也比以前深广。但这些作品大多是从道德的角度揭示生活矛盾。例如,短篇小说《仇敌》描写老爷阿鲍金和医生基里洛夫的道德冲突。在《命名日》《公爵夫人》《恐怖》等短篇小说中,契诃夫暴露有财有势者的伪善和虚荣,批评小市民的阿谀奉承。《跳来跳去的女人》

是契诃夫的一篇特别的小说，从中可以看到契诃夫崇尚实干，崇尚劳动，反对艺术家生活的空虚和无道德，小说淋漓尽致地展示了一个爱慕虚荣的妇女的可笑和可悲的贫乏心灵。短篇小说《精神错乱》，又是一个新的文学种类，契诃夫控诉了资本主义社会中的一种"可怕罪恶"——卖淫，而且告诉读者，更为可怕的是社会对这种极端"反常"的现象表现出来的麻木不仁。这一阶段的契诃夫小说已经开始出现了契诃夫小说的转向，开始关注深刻的思想，反映了现实中正在进行的社会思想探索。《好人》和《在途中》展现了知识分子的思想探索。《乞丐》《相遇》和《哥萨克》等短篇小说则反映托尔斯泰主义在当年俄国流行的情景，也表明契诃夫一度曾受托尔斯泰学说的影响。中篇小说《灯火》表现了19世纪80年代的悲观主义情绪。这部作品实际上也反映了作家本人的思想疑惑："在这个世界上没有一件事情弄得明白！"。同样，契诃夫也不能完全接受这种悲观的怀疑主义，他努力探索一个可以把一切都贯串起来的"总的观念"。中篇小说《枯燥乏味的故事》里的老教授形象体现了当年知识分子在思想探索中体验到的苦恼，也反映了作家本人迫切寻求"明确的世界观"的心情。"枯燥乏味的故事"实际上是契诃夫自己的苦闷的故事。

从1892年起一直到1903年，是契诃夫小说发展的第三阶段，也是他艺术创作活动的顶峰时期。1890年春，契诃夫前去萨哈林岛，这座人间地狱使契诃夫否定了占据他心灵长达六七年的托尔斯泰哲学。1892年《第六病室》和《在流放中》两篇作品问世，标志着契诃夫一个新时期的开始。契诃夫在小说中对19世纪后期的思潮做了总结性批判，既批评了逆来顺受的不抗恶主义，也否定了苦行僧式的禁欲主义，揭穿了看破红尘式的悲观主义。《第六病室》

是契诃夫创作发展进程中的重大转折点。《第六病室》是一部思想性与艺术性完美结合的佳作。首先，契诃夫将"疯子"格罗莫夫和"有头脑的"格罗莫夫的描绘巧妙地穿插起来，而且独具匠心地安排了"疯子"格罗莫夫同"健康人"拉京医生之间的争论，自然给读者造成一种印象：在沙皇专制的俄国善于思索并敢于直言者被认作"疯子"，而洞察专制制度罪恶的恰好是这些"疯子"和"狂人"。"疯子"格罗莫夫形象无疑是契诃夫在沙皇书报检查制度控制下取得的重大艺术成果。拉京医生的遭遇烘托和强化着读者的印象：只因为拉京同格罗莫夫交谈过几次，他竟然也被视为精神病人而投入第六病室。拉京医生的遭遇和惨死表明：托尔斯泰主义以及一切鼓吹放弃斗争的主张必然被生活否定。《第六病室》中的画面撼人心灵。年轻的列宁读了这部作品，顿时"觉得可怕极了"，觉得他"自己好像也被关在第六病室里了"。

契诃夫晚期的中短篇小说具有巨大的艺术概括力，他强调艺术作品应该有明确的思想，他的中短篇小说涉及社会生活中许多重大问题。此时，他的创作中逐渐弥漫了"不能再这样生活下去！"的情绪，而"不能再这样生活下去！"是当年俄国的一种典型的社会情绪，它几乎渗透在契诃夫晚年创作的每部作品之中。"不能再这样生活下去"的结论是兽医伊凡·伊凡内奇作出的。在《醋栗》（1898）中，兽医伊凡·伊凡内奇无情地否定不合理的生活，斥责那些过着这种生活而又感到幸福的自私自利者，他急切盼望革新生活。《出诊》《公差》《新别墅》《农民》等短篇小说是以工厂和农村生活为题材的，它们都渗透着"不能再这样生活下去"的社会情绪。《农民》（1897）以清醒的现实主义反映了农民的物质和精神生活的贫乏：赤贫、愚昧、落后和野蛮。而《带狗的女人》（1899）

以朴素清新的笔调描写了两个恋人。在充满伪善和虚假的社会里，他们好似一对被分别关着的"笼中鸟"。沙皇专制下的俄国，压制和扼杀着一切美好、健康和真诚的东西。作品的压抑唤起了读者对浑浑噩噩的、半死不活的生活的厌恶。《带阁楼的房子》（1896）和《我的一生》（1896）否定了19世纪80年代至90年代流行的"小事论"，批判自由主义者的渐进论思想，认为需要一种"更强大、更勇敢、更迅速的斗争方式"，要走出日常活动的狭隘圈子，去影响广大群众。中篇小说《在峡谷里》（1900）描绘了农村资产阶级——富农疯狂掠夺财富的行为和残忍的本性，有力地反驳了美化农村公社生活的民粹派。整篇作品浸透着一种情绪：在峡谷里的这种昏暗生活必须革新。俄国历史表明，在19世纪末和20世纪初正酝酿着1905年的大革命，"不能再这样生活下去"的社会情绪十分强烈，而契诃夫艺术地反映了这种情绪，这无疑是现实主义在契诃夫创作中的胜利。契诃夫塑造了一个情绪激昂、善于思索的兽医伊凡·伊凡内奇的形象。这个兽医形象反映了90年代后期的重要历史情况，即进步的革命阶级中的激昂情绪正在扩展到其他的阶级和社会阶层。在《套中人》（1898）里，作者揭示了80年代僵死的生活对社会的压制，极具讽刺，同时又真实地描绘了僵死生活的卫道士的保守和虚弱。契诃夫塑造了一个害怕接触实际、害怕新生事物、死心守卫政府法令的"套中人"别里科夫的形象，讽刺和鞭挞了别里科夫之流以及造成这种畸形性格的反动的80年代。《套中人》反映出两个根本不同的时代（80年代和90年代）的本质特点，由此可见契诃夫晚期抒情心理短篇小说的巨大艺术概括力。在《醋栗》和《姚尼奇》（1898）里，契诃夫刻画了自私自利的、蜷伏于个人幸福小天地的庸人的心灵空虚和堕落，指出"人所需要的不是三俄尺之地，不是庄园，而是整个地球，整个大自然，在这个广阔天地里人才能展现出他自由精神的全部品质和特征。"①

《新娘》（1903）是契诃夫一生中所创作最后一篇小说，契诃夫在这篇小说中表达了对新世纪的希望。

三、契诃夫小说的创作特色

1880年开始，契诃夫在学医、行医之余进行文学创作，最初的小说都是在报纸上发表的，带有鲜明的"报纸文学体"特点：篇幅短小，情节精湛，入题极快，收尾巧妙。契诃夫一生创作了近900部文学作品，除了1890年以后篇幅稍长的作品和他后期的戏剧文学创作，这900篇作品，大多都是"报纸文学体"。

总体而言，反庸俗、反保守、反愚昧是契诃夫小说的三大主题。契诃夫尤为痛恨的是庸俗，他认为"无论是从基督教的角度，还是从经济学的角度，无论从什么角度来看，庸俗市侩气都是一个巨大的邪恶，就像河上的大坝一样，总是只为停滞而服务"，②"我的莫斯科生活，对我来说，已经庸俗无聊到了这样的程度，我都想咬人了。"③的确，契诃夫用他的笔，像马蜂一样，把那些庸俗的人狠狠

---

① 《契诃夫短篇小说选》，姚锦镕译，岳麓书社2018年版，第172页。
② Чехов А. П. Полное собрание сочинений и писем: В 30 т. Письма: В 12 т./ АН СССР. Институт мировой литературы имени А. М. Горького. Т. 11. (Письма) — М.: Наука, 1976.— С. 164.
③ Чехов А. П. Полное собрание сочинений и писем: В 30 т. Письма: В 12 т./ АН СССР. Институт мировой литературы имени А. М. Горького. Т. 4. (Письма) — М.: Наука, 1976.— С. 156.

地叮了一口。《一个官吏之死》《胖子和瘦子》《变色龙》《套中人》中的人物既俗不可耐，又是极其保守的。契诃夫用高度概括的笔法，创作了一个个典型人物。"套中人"和"变色龙"已成为人们的口头语，前者是胆小怕事、不接受新生事物之人的代称；后者则是善于阿谀奉承，见风使舵者的别称。

契诃夫的小说，艺术上的成就之一是他的笑、他的幽默和讽刺。列夫·托尔斯泰称赞契诃夫是"第一流的幽默作家"。在故乡塔甘罗格小铺子里照看生意的契诃夫天生具有强烈的幽默感，这种幽默感同各种生活现象碰撞，形成一种具有特别审美价值的笑。当然，契诃夫的讽刺绝不是仅仅为了让人发笑，他更能挖掘出造就了人之可笑的社会原因。这些可笑之人是与愚昧的社会习俗和专制制度合为一体的，前者是后者的自觉维护者，后者又培养、孵化了前者身上的奴性。"套中人"的套子不仅是指衣服和雨伞，更是指成文的法令和种种不成文的规矩；在《一个官吏之死》中的小官吏看来，他的唾液喷到了上司身上，上司应该大发雷霆才是，否则就是不合常理；在《胖子和瘦子》中的瘦子看来，等级显然比人情更重要，即使是昔日同学，但现在既然已是自己的上级，应该毕恭毕敬才是。其实，这些恰是社会上普遍存在的流俗。这些流行的观念又借助于遵行它的人得以像病菌一样四处传播，"瘦子"的奴性首先通过他的言传身教传染到他的儿子身上，在小说的结尾，他对"大人"献媚、鞠躬，儿子则"并拢脚跟立正，把制帽掉到了地上"——似乎可以肯定，这个孩子将会变成小"瘦子"，成为新的"套中人"，所以，虽然"我们埋葬了别里科夫，可是另外还有多少这种套中人活着，将来也还不知道会有多少呢！"

契诃夫小说还有另一种风格笔调：用极其冷峻的笔调描写人

物刻骨铭心的忧伤,这类小说有《哀伤》《苦恼》《万卡》,等等。

他的小说风格质朴,语言精悍,篇幅简短,有些作品可以被称为"小小说";情节单一,不靠悬念吸引读者,但自有一种震撼人的灵魂的力量。他认为,只有那些有才气的作家,才能把小说写得既简练又意味深长。在展现人物内心世界方面,契诃夫的独到之处在于他不喜欢用细致的、全面的笔法刻画人物的心理活动,只求读者从人物的言行举止中看出人物内心活动和精神状态。契诃夫的心理展示完全不同于托尔斯泰和陀思妥耶夫斯基这两位心理大师,契诃夫的心理刻画,甚至可以称之为白描,精彩细节和景色描写也都是契诃夫揭示人物心理状态的重要手段。

浓郁的抒情意味是契诃夫中短篇小说的又一重要特色。作家不仅真实地反映现实生活和社会情绪,描写人物的觉醒和堕落,而且巧妙和多样地流露他对觉醒者的同情及赞扬,对堕落者的厌恶和否定,对美好未来的向往以及对丑恶现实的抨击。契诃夫高超的抒情艺术,表现在他善于找到适当的时机和场合,把情感流露巧妙地安排在作品中所描写的生活中,安排在人物性格发展的自然进程中,契诃夫的抒情总是在情感发展十分成熟的条件下展开。《醋栗》中兽医对丑恶现实的激昂抨击,《带狗的女人》中古罗夫对庸俗无聊的小市民生活的痛斥,都是极为自然的激情流露。契诃夫还善于把自己的思想和感情藏匿于景物描写之中,巧妙地借景抒情。《套中人》的结尾是一段乡村月夜景色的描写,它突出了自然界的广阔,作家借此表达对那个只是在棺材中才找到了自己的"理想"的套中人的厌恶和谴责。

契诃夫的抒情心理小说是一个艺术整体,除了上述的心理刻画和抒情阐发这两个基本特征之外,契诃夫还善于围绕中心人物勾勒出一个生活背景,抓住精巧、深邃的艺术细节,契诃夫还善于用"客观"而含蓄的叙述笔法增强抒情。幽默和讽刺在这种小说里也是描绘生活和展示性格的手段。必须强调的是,所有这一切描绘手段都同心理刻画和抒情流露有机地融为一体,使契诃夫的小说在世界文学中具有特别的价值。

四、契诃夫戏剧创作成就

契诃夫的戏剧创作是契诃夫整个文学遗产中极为突出的成就,甚至可以说是契诃夫贡献给世界文学戏剧体裁史的最大成就。契诃夫的戏剧主要不是靠剧情的起伏来获得戏剧效果,而是仿佛在不经意中截取了日常生活的流程之一段,把生活的原生态展示出来。

契诃夫因打破了欧洲传统戏剧的常规而被认为是现代戏剧的开创者。契诃夫的剧本和他的小说一样,大都以抗争庸俗生活,抗争凝滞生活为主题,戏剧结构十分简单,但是他的剧作更有诗意,因此也更能打动观众,契诃夫看到了日常生活中平静的外衣下掩藏的希望、失败、辛酸与痛苦,用动人的形式把它们表演出来。无怪乎人们常说,在19世纪与20世纪之交,继易卜生之后,契诃夫重新解释了现实主义,他创造了一种真正贴近生活原貌,同时又与生活一样富有内在诗意的新戏剧。

契诃夫戏剧创作的题材、倾向和风格与他的抒情心理小说基本相似。他不追求离奇曲折的情节,他描写平凡的日常生活和人物,从平淡、平庸中揭示社会生活的重大问题。在契诃夫的剧作中有丰富的潜台词和浓郁的抒情味；他的现实主义富有鼓舞力量和深刻的象征意义，"海鸥"和"樱桃园"都是他独创的艺术象征。俄罗斯19世纪末的戏剧导演斯坦尼斯拉夫斯基、丹钦科，19世纪"活跃"的莫斯科艺术剧院（1898年建立）与契诃夫进行了创造性的合作，对舞台艺术做出了重大革新。

19世纪80年代末，契诃夫开始戏剧创作，到世纪末，契诃夫创作精力全面转向戏剧方面，剧作《海鸥》（1896）、《万尼亚舅舅》（1896）、《三姊妹》（1900—1901）、《樱桃园》（1903—1904），是契诃夫的四大戏剧代表作，它给予导演和演员极大的再创作空间，这些剧本不断在俄罗斯最著名的剧院上演，每次演出都获得巨大的成功。契诃夫的戏剧也是世界戏剧舞台的保留剧目。

《海鸥》《万尼亚舅舅》《三姊妹》《樱桃园》之所以成功，根本上说是因为这些剧作反映了俄国1905年大革命前夕，一代俄罗斯知识分子的苦闷和追求。

《海鸥》开创了俄国戏剧的新纪元。剧中，契诃夫成功地运用了象征这一手法，剧名以剧中被射杀的鸥鸟作为象征，它似乎与主人公特里勃列夫的命运相关，因为他曾暗示：他要像射杀鸥鸟一样杀死自己。鸥鸟又似乎与剧中所有人的命运相关，象征了不假思索地杀害又被无情忘却的生灵，象征了充满希望与自由而最终坠入绝望与黑暗的人们，象征了充满勇气和无畏而又脆弱和渺小的种群。契诃夫使象征物不仅在语义方面具有特殊意味，而且随着剧情展开，象征物的多次出现，这样的重复，又赋予鸥鸟特定的含义，使之多层次承载作品的主题思想。这种富有诗意、高度凝练而庄重的表达方式，使一个平常的事物具有了丰富的戏剧性的潜力。

第十讲　俄罗斯文学黄金时代的最后一位作家契诃夫

随着20世纪初社会运动的进一步高涨，契诃夫意识到一场强大的、荡涤一切的暴风雨即将降临，社会中的懒惰、冷漠、厌恶劳动等恶习将被一扫而光。他歌颂劳动，希望每个人以自己的工作为美好的未来做准备，这是《三姊妹》深层的戏剧动力。这与在1905年革命前夕写成的小说《新娘》一致。这是希望"把生活翻一个身"的内在冲动和外在行动，是奔赴新生活的热烈渴望和勇敢实践。剧本《樱桃园》以诗意的笔触，展示了贵族的无可避免的没落，真实记录了俄国资产阶级的兴起。剧中，樱桃园被砍伐，是贵族的无奈，同时也表现了毅然同过去告别、向往幸福未来的乐观情绪。剧中，樱桃园伐木的斧声伴随着"新生活万岁！"的呼声，其中赞颂和反讽是兼而有之。契诃夫意识到新生活的到来，但是在真正的"新生活"到来之前，他和他的主人公们对渴望的"新生活"始终只是一种朦胧的憧憬。

从形式到风格，《樱桃园》均是对传统戏剧舞台手法的否定。剧中人物和蔼而有教养，以弹奏舒曼的钢琴曲来驱散理想幻灭带来的忧伤，拉涅夫斯卡娅面对庄园被出卖这一严峻的事实表现出孩童般的无忧无虑。出卖庄园之日，她举行了舞会，因为付不起钱给请来的乐队，养女瓦里雅边舞边哭泣。该剧的创作手法平静而温和，没有刻意煽动的同情，没有激烈火热谴责，没有控诉，没有反面角色，没有英雄人物，也没有道德说教，剧中所包含的只是对潜在的巨大的危机的冷静而又深沉的展示，然而却更准确生动地渲染了旧秩序崩溃、社会等级制度瓦解所带来的凄惨景象。契诃夫的戏剧语言蕴涵着深厚的生活气息，纯朴、简洁、富于诗意与哲理。

五、契诃夫小说的三个时间空间综合体

一个作家的创作与他的生活空间有巨大的关联,这些生活空间既是作家创作直接接触的最里层的外部世界,也是作家所创作作品的内在世界。这些空间"参与"作家的创作,成为一个作家的时空综合体。

契诃夫小说的第一个时空综合体——塔甘罗格

契诃夫的生命诞生在小城塔甘罗格。如果契诃夫的读者来过这座小城,一定能从这个城市遗留下来的点点滴滴中发现,契诃夫小说中的那些小城镇人物依然生活在塔甘罗格。

塔甘罗格是远离俄罗斯中心的南方边界城市,非常小,在两条大街的交叉口就是契诃夫的爷爷和爸爸创办的卖杂物的小铺子。契诃夫16岁的时候,他的爸爸就把杂货铺的生意全交给这个少年经营了。这种生活体验对于契诃夫的创作来说,是永远"生动"的。那些时候,在他的眼前,走来走去的,是俄罗斯社会的各色"嘴脸"。这里说的"嘴脸",当然是一个反义词,在契诃夫最初的小说里,大多数"小镇风俗画廊"里的人物是反面的"嘴脸"。

《变色龙》的故事就发生在一个小城的某个店铺的前面:

> 警官奥楚美洛夫身穿崭新的军大衣,手里拿着个小包,走过集市广场。他身后跟着一名警察。此人长着一头红棕色的头发,端着一只粗箩筐,里面满装没收来的醋栗。四下里一

片寂静……广场上不见一个人影儿……店铺和酒馆的门洞开着,活像一张张饥饿的嘴巴,对着这大千尘世。附近见不到叫花子的踪影。①

契诃夫生命短暂,1860年出生,1904年去世,短短44年的一生,差不多有一半是在塔甘罗格。1879年,已经年满19岁的契诃夫摆脱了这个塔甘罗格,来到莫斯科,跟家人会合,并考取了莫斯科大学医学院。

莫斯科让契诃夫获得了都市生活经验,但是他在大学三年级就开始在莫斯科附近的小镇做实习医生。塔甘罗格的生活,又在莫斯科的周边"复制"了。而就在这个时候,契诃夫开始利用业余时间写小说。正因为契诃夫非常熟悉这些小镇的生活,所以写起小镇的"嘴脸"们得心应手。

塔甘罗格是契诃夫生活的第一个时间-空间关键点,后来他行医的诊所,虽然在莫斯科郊区。但是,这些小镇是塔甘罗格同一种生活的"拷贝":在俄罗斯帝国的大地上,这些外省小城和塔甘罗格叠印在一起,给契诃夫描绘"小镇风俗画廊"提供了无尽的资源。

看《文官考试》,今天的读者会惊讶,在19世纪俄国,"考试上岗"也是一种制度。在《普里希别耶夫中士》中,小镇上,被审判的是一个前"套中人"。《瞌睡朦胧》是小镇法院的丑陋现形记。

在契诃夫的笔下,还有做了衣服不给钱的中尉、索贿的官员、被欺压的裁缝、虚荣的老师等。这些都带有塔甘罗格的"时空"类型。

---

① 《契诃夫短篇小说选》,姚锦镕译,第19页。

契诃夫到莫斯科以后,都市的生活自然也成为他的表现对象,《一个官员之死》《苦恼》以及后来的《脖子上的安娜》就是这类作品。但是,在这类作品中,很多的都市内容,总有一根线,连系到乡下、小镇。《万卡》《渴睡》《苦恼》发生在首都圣彼得堡,但是,在契诃夫笔下,城市人的冷漠总是和乡下的温情相连接。

契诃夫小说的第二个时空综合体——诊所

从职业上看,契诃夫是一名医生。他在莫斯科学医,之后在莫斯科周边行医。这个行业和这个行业所特有的"诊所"的时空,又是他的一个文学的时空综合体。对于他的创作来说,又是一个至关重要的概念。他的几部稍长的中篇小说中,都有医生的形象。

在《跳来跳去的女人》中,"跳来跳去的女人"奥莉加·伊凡诺夫娜的"丈夫奥西普·斯捷潘内奇·戴莫夫是一名医生,九品文官。他在两家医院从医:在一家医院里任编外主治医师,在另一家医院当解剖师。每天从上午九点到中午,他给门诊病人看病,查房,午后乘公共马车赶到另一家医院,解剖病人尸体。他也私人行医,不过收入菲薄,一年只有五百来卢布。就这点点钱。"[①]这几乎是契诃夫自己的写照。契诃夫搞文学创作,除了天生的艺术使命之外,很大的程度上是为了稿费。

这个"跳来跳去的女人"的丈夫为人朴实,他健全的思想和善良的心地让她("跳来跳去的女人")喜出望外,欣喜若狂。她时不时跳起来,冲动地抱住他的头,狂吻不止。但是,"跳来跳去的女人"十分不满意丈夫对艺术的麻木。契诃夫笔下,医生丈夫和爱艺术

---

① 《契诃夫短篇小说选》,姚锦镕译,第51页。

的妻子之间的对话提出了一个尖锐的问题:

> 爱艺术的妻子说:"只是你有一个很大的缺点。你对艺术丝毫不感兴趣,你否定音乐和绘画。"
>
> 医生丈夫心平气和地说:"我不了解它们,我一辈子搞的是自然科学和医学,所以我没有时间再对种种艺术感兴趣。"
>
> 妻子却这样评断:"这太可怕了!"
>
> 丈夫依然是平心静气地争辩:"为什么?你的那些朋友不懂自然科学和医学,可是你并没有因此而责难他们。每个人都有自己的专长。我不懂风景画和歌剧,但我这样想:既然有一批聪明人为它们献出了毕生的精力,而另一些聪明人愿意为它们花费大笔的钱,可见人们需要它们。我不懂,并不说明我否定它们。"
>
> 于是,妻子说:"来,让我握握你那真诚的手!"①

但是,读过小说,我们知道,此时,"跳来跳去的女人"并不是珍惜这双"真诚的手",她痴迷于音乐、绘画的美妙世界,痴迷在和一个颓废画家的浪漫故事里。

在一段长长的浪漫故事的"抒情"段落之后,契诃夫用这样的句子作结:"奥莉加·伊凡诺夫娜时而聆听着里亚博夫斯基的呓语,时而聆听着夜的宁静。"②

一个颓废的艺术家对着黑黝黝的河水,说着梦幻般的呓语。

---

① 《契诃夫短篇小说选》,姚锦镕译,第55页。
② 同上书,第60页。

而"跳来跳去的女人"之所以能站在这个地方"听"一个追求她又很快抛弃她的艺术家的"呓语",听"夜的宁静",正是因为她做医生的丈夫在夜以继日的工作。除了诊所的工作,还要另外找解剖尸体的工作,同时还要晚上做翻译。

大概在2017年,莫斯科街头出现了一组关于艺术家和社会关系的公益广告,其中一个是契诃夫的大幅头像,下面写的是:"社会多了一个小说家,少了一个医生。"广告的含义是一个问题,这是在问艺术和生活的关系。契诃夫在这篇小说中,实际上讨论的正是这个主题:

"跳来跳去的女人"的生活是典型小资产阶级的浪漫情调:

> 每天早上,奥莉加·伊凡诺夫娜要到十一点才起床,之后她弹钢琴,要是有太阳,就画油画。随后,到十二点多钟,她就坐车去找女裁缝。……从女裁缝家里出来,奥莉加·伊凡诺夫娜就乘车去拜访某位熟悉的女演员,打听一些戏剧界新闻,顺便弄几张新剧首场演出或义演的戏票。从女演员家出来,她还得坐车去某位画家的画室,或者参观某个画展,然后再去拜访某位名流……她唱歌,弹钢琴,画画,雕塑,参加业余演出,所有这些她都不是应付之举,而是横溢才华的流露。……她的才能表现得最为突出,那就是,她善于快速结识名流……她崇拜名人,为他们骄傲,夜夜梦见他们。[①]

"跳来跳去的女人"每天从有品位的艺术生活开始,每天都可

---

① 《契诃夫短篇小说选》,姚锦镕译,第54页。

以把资金变出时尚的花样装点自己的情调。每天热衷于在艺术圈子里交往。每天的交往都要表现出情调,而结交名人更是这样的"小资"人士的热衷之事。

契诃夫在这段描写中,对19世纪末整个欧洲的中产阶级的生活品位做了精细的刻画,深刻地讽刺了当时流行的所谓"情调"。契诃夫本身是艺术中人,但是,他同时是一个务实的医生,他知道,人类社会是这些务实的、实实在在的、看起来不浪漫,甚至有些无聊、有些傻气的人支撑的。

《跳来跳去的女人》是一篇最能体现契诃夫社会态度的小说,小说的情节设计,明显是两种生活的对立。一方面是混乱的、虚浮的,甚至是不道德的"有情调的"艺术生活;另一方面,是讲求科学精神的、踏实劳动的、勤奋学习的、恪尽职守的医生。这个医生忘我地工作,自然是为了妻子的虚浮生活,但是更多的是为了大众的健康,同时也为了科学的发现。因为对工作全身心投入,契诃夫几次写他在解剖尸体的时候,划破手指。契诃夫没有让他认可的医生死在毫无意义的死人的事件上,在小说里,这个医生在抢救一个患有白喉病症的儿童,他用吸管吸这个病儿的白喉黏液。写到最后,契诃夫笔下的医生,已经是一个圣人了。他的朋友沉痛地说:

> "他快死了,因为他牺牲了自己……对科学来说,这是多么重大的损失啊!""要是拿我们同他相比,他是一个伟大的、不平凡的人!才华出众!他给了我们大家多大的希望!……上帝啊,像他这样的学者现在打着灯笼也找不到了。……哎

呀呀,我的上帝啊!"①

接着,契诃夫又借朋友的口吻说道:

"他拥有多大的道德力量!一颗善良、纯洁、仁爱的心灵——岂但是人,简直是水晶!他埋头科学,为科学献身。他日日夜夜像牛一样干活,谁也不怜惜他。这位年轻的学者、未来的教授还不得不私下行医,晚上搞翻译,好挣钱来买这堆……乌七八糟的破烂!"②

两种生活的对比,一边是跳来跳去的女人,一边是埋头实干的医生,显示了契诃夫的社会伦理判断。在19世纪最后十年,他表达了一种新的价值观。

在文学领域,艺术总被捧得高高在上,既浪漫又高尚,而科学家,往往笨头笨脑、呆头呆脑,是不解风情的形象。但是,在契诃夫的笔下,医生为自己的科学学位自豪。

一天,医生回家,兴奋地告诉妻子:"我刚通过了学位论文答辩",然后契诃夫写道:"他说着,坐下来揉他的膝盖。"③"坐下来揉他的膝盖",这轻松的一笔,实际上是对医生艰辛奋斗的赞颂。

这部小说的写法也很有章法,表面上自然流淌,仔细阅读,会发现这篇小说很有设计感。小说的叙事主导线索是"跳来跳去的女人",她的有情调的生活一直是小说的明线,但是,"跳来跳去的

---

① 《契诃夫短篇小说选》,姚锦镕译,第77页。
② 同上书,第78页。
③ 同上书,第70页。

女人"的全部生活基础都是实干家医生丈夫给予的。医生的诊所支撑着艺术,支撑着民众,支撑着社会,也支撑科学和文明的进步,诊所的时间空间综合体联结着更广大的时空。

十九世纪90年代以后,在文学界已经很有影响力的契诃夫,可以写长篇作品了。他的创作风格也发生了很大的转变。早期作品中明显的,甚至有些人为的"起承转合"渐渐少了,代之以一种大气的,顺遂自然的设计。

契诃夫小说的第三个时空综合体——"病室"

1890年是契诃夫创作的第三个时间-空间关键点。这一年,契诃夫横穿俄罗斯大地,到政治犯流放地萨哈林岛进行考察。很多研究者十分强调契诃夫在萨哈林岛的体验。的确,从莫斯科到俄罗斯最远的东方的一路上,对契诃夫都是一次"洗礼"。

萨哈林岛之行后的成果是《六号病室》(1892)以及以《六号病室》为总标题的小说集。《六号病室》是契诃夫最有力度的小说。它的时间是"我们的时代",即19世纪最后的十年,空间是一个狭小的、铁窗封闭、房门有人紧紧看守的空间。

在这篇小说的开头,契诃夫以镜头感极强的笔法描绘了这个空间:

> 医院的后院有一座不大的厢房,四周长着密密麻麻的牛蒡、荨麻和野生的大麻。房子的铁皮屋顶已经锈迹斑斑,烟囱塌了半截,门前的台阶已经腐朽,长出草来,墙上的灰浆剥落,只留下斑驳的残迹。厢房的正面对着医院,后面是田野。一道戳着钉子的灰色围墙把厢房和田野隔开。这些尖头上

翘的钉子、围墙和厢房本身，无不给人一种独特的死气沉沉、千人怨万人咒的感觉，这样的外观只有我们的医院和监狱才有。①

契诃夫没有交代"六号病室"为何是"第六号"，正是这样的一种无来由的名称揭示这间病室的典型性，在描述了这间病室之后，契诃夫有意添加的"这样的外观只有我们的医院和监狱才有"这句话，已经明确地告诉读者"六号病室"是"我们的"病室和监狱中的一间。而六号病室住的都是精神病人，"他们都是疯子"。

本来，病室里面住了五个精神病患者。其中的伊凡·格罗莫夫，是个33岁的男子，贵族出身，担任过法院民事执行员，属十二品文官，患有被虐狂。但是，契诃夫描写的这个被虐狂想象出来的"迫害"却是比比皆是的现实。

借助精神病人、疯子、狂人的疯狂思想来揭示现实是文学上的一大传统，古今中外早有前例，但是，《六号病室》则是一个疯子的世界，病室内是一个病态的世界，病室外也是一个病态的世界，当这个疯子病院的医生居然成为这个病室的第六个病人的时候，契诃夫构建了一个全方位的疯子世界。用契诃夫小说中的话来说，这个病室是一个小小的巴士底狱。

"全方位的疯子世界"也体现在小说中医生安德烈·叶菲梅奇·拉金的命运中，拉金医生本来是以医生的身份来六号病室的。医生到病室，这一个举动本来是天经地义的：医生到病室查看病人是医院的正常工作流程，是一个医院必须如此的动作，但是，在

---

① 《契诃夫短篇小说选》，姚锦镕译，第80页。

这个医院,拉金医生探视病室则被视为疯狂的动作,因为在拉金之前,没有人探视病室。疯狂是真实,真实便疯狂,《六号病室》的世界就是这样颠倒的逻辑。契诃夫的病室时空是一个具有重大超越性的时空,是本质真实的时空,是一个充满哲学意义的时空。

《六号病室》的章法具有很大的随意性,小说一共19章,前八章都是概括描写。前四章,讲述病室,介绍病人,追述病史,描绘医院,第四章结束的时候,奇峰突转,医生来要病室的传闻打破了病室的日常规矩,接下来从第五章开始,契诃夫集中写拉金医生的"传记"。这是一个外表没有一点医生特征的医生。他本来想学神学,想当神父,却屈遵父命,学医当了医生。但是,无论是作为医生,还是作为神父,拉金先生都不相称:

> "他的外貌臃肿、粗俗,像个庄稼汉。他的脸、胡子、平直的头发和结实笨拙的体态,使人想起大道旁小饭铺里那种吃喝无度、脑满肠肥、态度粗鲁的店老板。他的脸粗糙,布满细小的青筋,细眼睛,红鼻子。身高肩宽,手脚粗大,一拳打出去,似乎能送人一条命。可是他迈出的是轻缓的步履,走起路来小心翼翼、蹑手蹑脚。在狭窄的过道里遇见人时,他总是先停下来让路,说一声:"对不起!"想不到他说起话来不是男低音,而是嗓子尖细、音色柔和的男高音。他的脖子上有个不大的瘤子,妨碍他穿浆过的硬领衣服,所以他总是穿柔软的亚麻布或棉布衬衫。一般说来,他的穿着不像一名医生。一身衣服他一穿就是十年,新衣服他总是在犹太人的铺子里买,穿到身上显得又旧又皱。同一件常礼服,他看病时穿,吃饭时穿,出门做客也穿。不过他这样做不是出于吝啬,而是他完全不

把穿戴放在心上。"①

就是这样的一个医生,突然破天荒地想到病室来了。

《六号病室》前八章像是一个剧本的人物介绍和舞台说明,从第九章开始,戏剧情节才真正展开。拉金医生来到病室,与病室的病人交谈,这些交谈是一次次思想的交锋,是19世纪末各种思想的交锋。书写这些交谈,契诃夫既是一个全科的医学家,也是一个精神专科的专家,更是一个思想家,一个俄国以及欧洲思想史专家,他把19世纪末所有的思想都收纳在六号病室当中。如此纷乱的思想风暴,自然让拉金医生本人也变成一个疯子。他也被关进病室,成为这个病室的第六个病人。

"安德烈·叶菲梅奇(拉金医生)走到窗前,望着野外。天色已黑,在右侧的地平线上升起一轮红色的冷月。在离医院围墙不远的地方,大约100俄丈开外,是一幢高大的白房子,围着石墙。那是监狱。"②

面对这个场面,契诃夫让他笔下的医生从心底喊出:"瞧,它就是现实!"③

随后,契诃夫又把叙述的视点从医生的视点剥离开来,转换成一个全方位俯视的视点,以此视点来复述拉金医生所看见的世界:"这月亮,这监狱,围墙上的铁钉,连同远处焚尸场上腾起的火焰,都让人不寒而栗。"④让拉金医生恐怖的世界也是一个让所有人都

---

① 《契诃夫短篇小说选》,姚锦镕译,第91页。
② 同上书,第134页。
③ 同上。
④ 同上。

恐怖的世界。

病室内外都是这样令人恐怖的世界。拉金医生,这位诊治疯子病人的医生很快因为自己的疯狂而死掉了。

契诃夫的病室空间和时间是他从萨哈林岛考察中认识到的19世纪俄罗斯现实的空间和时间。

《新娘》是契诃夫创作的最后一篇小说,契诃夫在这篇小说中很想建立一个新的时空。在《新娘》中,作家相信旧制度一定灭亡,新生活早晚会来!正如女主人公所想象的,"一种崭新、广阔、自由的生活展现在她的面前,这种生活,尽管朦胧、充满了神秘,却吸引着她,呼唤她的参与。"①

是的,契诃夫在新世纪意欲构造的时空是一个崭新的时空,但是它却是一个朦胧的、神秘的时空综合体。相比之下,契诃夫的塔甘罗格、契诃夫的诊所、契诃夫的病室更为真实,更为丰富,更为深刻。

---

① 《契诃夫短篇小说选》,姚锦镕译,第201页。

后　　记

　　书写一部全面展示俄罗斯文学成就的教材是我的一个大心愿，很想把自己阅读研究俄罗斯文学的心得讲述出来。但是，数十轮讲述，几度书写，每一次都重新开始，每一次都难以让自己满意。这一次的《俄罗斯十九世纪文学十讲》，又是一次重新开始。

　　世界文学讲义的书写和各国国别文学讲义的书写，有两种不同的体例，一种是文学史体例，另一种是文学研读体例。文学史的体例呈现两种不同的状态。世界文学史的书写必定是在跨文化视野下展开。而每一个国别文学史的书写，都会在自己民族国家的纵向历史发展中尽量拉伸本民族的"祖国文学"的长度，尽量挖掘"祖国文学"的深厚。苏联时期由高尔基世界文学研究所出版的多卷本大型《世界文学史》是世界文学跨文化研究的辉煌成果，尽管此套巨著有明显的"俄罗斯本位"，但是，编撰者始终遵守着世界文学发展的客观事实，"祖国文学"所占比例还是有所控制的。至于编写自己的"祖国文学"的"俄罗斯文学史"，俄罗斯文学研究者则是不吝笔墨了，供中学阅读学习的《俄罗斯文学史》就有八年级、九年级、十年级三大册。我当然无力完成这样体例的俄罗斯文学史。

　　但是，无论是世界文学史还是国别文学史，当作为一门课的讲义时，大概只能有两种"讲法"（写法），第一是"纲要法"，第二是

"举要法"。

"纲要法"是在文学纵向发展中,提纲挈领,讲述文学发展的主要线索,重要的历史时期,重要的文学事件,重要的文学家、文学流派以及重要的文学作品的发生过程。但是,"纲要法"写作有一个基本要求,那就是虽然可以不细腻,但是不能不全面。大作家,小作家,大的文学运动,小的文学流派,都应该一一关照,不可废缺。目前,我也无力完成这样的"俄罗斯文学史纲"。

"举要法"则不同,这样的写法,不求文学史线索的贯通,无论文学断代画面的完整,而是"举要"而论。"举要法"实际上就是文学研读的体例,而不再是文学史的体例了。我这本《俄罗斯十九世纪文学十讲》,采用的就是这种"举要法",即使十讲中有几讲是讲述俄罗斯十九世纪文学一个时期的概观,也是"举要"而观,而不是全貌描述。

采用"纲要法"和"举要法"编写课程讲义,固然可以从课时有限,时间不足找到"不系统"的理由,也可以从文学领域生产的丰富性找到"免责"的理由,文学作为人类的艺术生产,无论现实,还是历史,都是如同大陆和海洋一样丰富广泛,就像生活本身那样丰富,那样不可尽述。但是,我采用"举要法"的根本原因是由于我自己"患识照之自浅耳"(《文心雕龙·知音》),很难做到一个知音者的"圆照",很难做到对所讲述的对象进行全面的、完整的、彻底的关照;同样,也很难做到大学问家所追求的"博观";从我的阅读能力和研究能力来说,穷我一生,也很难通晓博览俄罗斯文学。因此,我这一轮新的俄罗斯文学讲述,还是只能择要而言,或者说只能就我的阅读所及而言说。

即使做到这一点也是很难的。这一次重写俄罗斯文学讲义,自然要搜罗展读自己的旧稿，每每汗颜，恨不得把旧稿的署名重重地涂抹干净！旧稿文字，套用太多，误识太多，胡说太多，造成这种浅陋的原因有几点：首先是原文不精，不是从俄语原文出发；其次原著不熟，有很多文字是跟着别人——或者俄国人，或者中国人的讲述走；再次是认识不深，旧时见识低下，浅尝辄止；还有就是理解不透，社会经验少，人生经验薄，生命体验有限，所以无法深度体悟一个文学文本的意蕴。

所幸北京师范大学跨文化研究院与青海师范大学高原科学与可持续发展研究院的重大项目支持，有机会再一次书写俄罗斯文学。特别感谢北师大跨文化研究院院长董晓萍教授的提携、指导和帮助。董老师顶层谋划、诚意选题、再三督促、悉心指导，才有此番新讲稿；而"十讲"的体例就是董晓萍教授设计的。十分希望将所有旧稿的不足，都在这一次新稿中加以改进。但是，新稿进步多少，进步与否，依然不敢确定，只望同事同行诸贤，只望读者听者诸位多多指教。

李正荣

2021年9月26日晨

北京琉璃厂西